古典文學研究輯刊

二三編

曾永義 主編

第22冊

石麟文集（第六卷）：
文言小說與話本小說面面觀（下）

石　麟　著

國家圖書館出版品預行編目資料

石麟文集（第六卷）：文言小說與話本小說面面觀（下）／石
麟 著 -- 初版 -- 新北市：花木蘭文化事業有限公司，2021〔
民110〕
目 2+146 面；19×26 公分
（古典文學研究輯刊 二三編；第 22 冊）
ISBN 978-986-518-361-5（精裝）
1. 中國小說 2. 中國文學史 3. 文學評論
820.8   110000436

ISBN-978-986-518-361-5

古典文學研究輯刊
二三編 第二二冊   ISBN：978-986-518-361-5

石麟文集（第六卷）：文言小說與話本小說面面觀（下）

作 者 石麟
主 編 曾永義
總 編 輯 杜潔祥
副總編輯 楊嘉樂
編 輯 許郁翎、張雅淋 美術編輯 陳逸婷
出 版 花木蘭文化事業有限公司
發 行 人 高小娟
聯絡地址 235 新北市中和區中安街七二號十三樓
        電話：02-2923-1455／傳真：02-2923-1452
網 址 http://www.huamulan.tw 信箱 service@huamulans.com
印 刷 普羅文化出版廣告事業
初 版 2021 年 3 月
全書字數 236639 字
定 價 二三編 31 冊（精裝）台幣 82,000 元

石麟文集（第六卷）：
文言小說與話本小說面面觀（下）

石麟　著

目

次

上 冊

一子兼祧二宗——「傳奇」與「傳記」「志怪」……1

唐代京師文化一瞥——科舉、妓女、坊里與傳奇
　小說生成的關係 ……………………………………7

萍蹤俠影「崑崙奴」……………………………………17

牛肅《紀聞》中的傳奇之作 …………………………27

論《博異志》中的傳奇之作 …………………………37

論戴孚《廣異記》中的傳奇之作 ……………………45

唐人傳奇和《柳毅傳》 …………………………………55

牛僧孺《玄怪錄》中傳奇作品臆探 …………………61

論段成式《酉陽雜俎》中的傳奇作品 ………………71

論皇甫氏《原化記》中的傳奇之作 …………………81

唐人傳奇讀劄十一篇 …………………………………95

　李公佐《謝小娥傳》 ………………………………95

　柳宗元《童區寄傳》 ………………………………97

　沈亞之《馮燕傳》 …………………………………98

李復言《續玄怪錄・尼妙寂》 …………………… 100

薛用弱《集異記・胡志忠》 ………………… 102

段成式《酉陽雜俎》兩篇 …………………… 104

杜牧《竇烈女》 ……………………………… 106

胡璩《談賓錄》兩篇 ……………………… 108

杜光庭《虬髯客》 ………………………… 111

理智・感情・性慾——唐人傳奇與宋元話本若干
女性形象談片 ……………………………… 113

山勢盡與江流東——《嬌紅記》及其後裔 …… 127

唐宋傳奇與明清小說 …………………… 139

下　冊

唐宋傳奇與《西遊記》 …………………… 149

話本小說研究的新收穫——評《話本小說史》 … 157

論馮夢龍對舊話本小說的改造——兼談《京本通
俗小說》的成書時間 ……………………… 163

《警世通言》中的一齣「無聲戲」——《玉堂春落
難逢夫》的戲曲因素 ……………………… 173

論「三言」的歷史地位和作用 ……………… 179

兩難境界中的掙扎——「二拍」談片 ………… 191

略論李漁的擬話本創作 …………………… 201

偶爾露崢嶸——其他擬話本佳作 …………… 209

一覽眾山小——《聊齋誌異》中的傳奇精品 …… 223

郵傳借鑒寫聊齋——試論蒲松齡「縱橫」取材的
二度創作 …………………………………… 243

《聊齋誌異》評點中的辯證思維 ……………… 263

意態由來畫不成——仿《聊齋誌異》諸作 …… 269

析《堅瓠集・異俠借銀》 ………………… 293

唐宋傳奇與《西遊記》

　　唐宋傳奇小說不僅具有自身的輝煌，而且還對中國古代文學產生了巨大的影響。這種影響可分為兩大方面：一是對後世傳奇小說自身的影響，二是對其他文學樣式尤其是通俗文學樣式尤其是通俗小說的影響。我們這裡主要談談唐宋傳奇對章回小說《西遊記》的影響。

　　關於唐宋傳奇小說對《西遊記》的影響，前人已經有不少研究成果。如唐代李公佐《古嶽瀆經》中水怪「無支祁」與孫悟空形象構成之關係，如宋代周密《齊東野語》中《吳季謙改秩》篇與陳光蕊赴任及江流兒故事之關係等等。這裡，僅將筆者一些新的讀書心得貢獻出來，以搏方家學者一哂。

　　唐人牛僧孺《玄怪錄・郭元振》中寫道：「烏將軍者，能禍福人，每歲求偶於鄉人，鄉人必擇處女之美者而嫁焉」。後來，這位「豬精」碰上了英雄郭元振。郭表面上對其恭敬有加，並進獻鹿脯，實際上卻在算計他，乘機斷其一腕。爾後，又率眾循血跡直搗豬精巢穴，以煙火薰之，並圍殲「無前左蹄，血臥其地，突煙走出」之大烏豬精。粗粗一看，這位烏將軍頗似《西遊記》中通天河的靈感大王，但並非金魚精，而是烏豬精。與靈感大王相比，其共同之處為：是一方「鎮神」，「能禍福人」，且要鄉人供奉。所不同者，金魚精是要吃進貢的童男童女，而烏豬精卻是「歲配以女，才無他虞」，是要美女供其淫慾。仔細想想，並聯繫到上面所言郭元振借進鹿脯而斬其左腕，此烏將軍則更像《西遊記》中的豬八戒。這兩個「豬精」，有兩大共同點：其一，貪吃。豬八戒之貪吃四海皆知，而烏將軍亦因貪吃鹿脯而痛失前蹄。其二，好色。豬八戒的好色無人不曉，而烏豬精也因好色而丟掉了性命。有此極相同之兩點，認此烏豬精乃豬八戒「祖先」之一，恐不為過。且《西遊記》作者將烏將

軍一分為二，將其「能禍福人」而勒索百姓進貢的一面屬之靈感大王，而將其貪吃好色的一面放到了豬八戒身上。

無獨有偶，在唐代陳邵《通幽記·東岩寺僧》篇中又有一豬精，亦與女色有些干係。該篇敘博陵崔簡，好異術，於天寶二年至成都。有呂誼者，以厚禮求助，謂自己的獨生女兒於「閨帷之中，一夕而失」。崔簡知有魅，飛符招之，反被「東山上人」派金剛拒之。及崔簡挫敗金剛後，書中寫道：「久之，無所見，忽有一物，豬頭人形，著豹皮水褲」，前來為「東山上人」通問候求見。當崔簡迫使「東山上人」交出呂誼之女時，又是「豬頭負女至，冥然如睡」。最後，呂家小姐敘述被攝過程時，又說：「初睡中，夢一物豬頭人身攝去，不知行進近遠，至一小房中，見胡僧相陵。」可見，這裡的「豬頭人身」者，實乃胡僧「東山上人」所役使的豬精。他自己雖沒有淫女之心，但卻是胡僧掠奪民女的幫兇，而且所用的手段，與《西遊記》中豬八戒攝高翠蘭的手法極其相似。再聯繫《西遊記》中的豬八戒當了和尚仍然好色的描寫，焉知不是作者將此篇中的「東山上人」與「豬頭人形」主僕合二為一幻化而成？

事不過三，晚唐裴鉶《傳奇》中有一篇《高昱》，再次寫到豬精。不過，這裡的豬精卻是雌性，且有三個。它們能化作「俱衣白，光潔如雪，容華豔媚，瑩若神仙」的美女，於昭潭之清水芙蓉上夜話，自言分別習儒、釋、道三教。而所謂「習」者，「食」耳。第二天，果然有一僧、一道、一儒先後溺於昭潭。後來，此三豬精被神術之士唐勾鼉「丹筆素字」的符所迫，現出原形，乃「三白豬窼於石榻」，「忽驚起，化白衣美女」，在唐勾鼉的威逼之下，沿流往東海而去。這裡的豬精雖與豬八戒「男女有別」，但亦有共同點：居於水中，且水下很有神通，可化為魚。當他們離開昭潭時，「有黑氣自潭面而出，須臾，烈風迅雷，激浪如山。三大魚，長數丈，小魚無數周繞，沿流而去」。《西遊記》中的豬八戒不也是天蓬元帥出身，水下工夫了得，並曾經化為魚嗎？且看第七十二回：「不知八戒水勢極熟，到水裏搖身一變，變做一個鯰魚精。……水上盤了一會，又盤在水底，都盤到了。」如此看來，《高昱》篇中的三美「豬精」，雖算不上豬八戒的嫡祖嫡親，然做幾個豬「姑奶奶」也還合適。

不僅豬八戒如此，就是從一些小小的神祇、一些次要人物的身上，也能看到傳奇小說對《西遊記》的巨大影響。在《西遊記》中，常常出現兩大類群

體性神祇：一是山神土地之類，因為自身神通太小而無力拒妖，只好向孫悟空報告妖精來歷、行止。一是天上神將，在必要的時候成批出現，幫助孫悟空捉拿妖怪。上述兩類神祇，在唐傳奇戴孚的《廣異記·長孫無忌》中均可見其痕跡。該篇寫到長孫無忌家的美人為狐精所魅，唐太宗以詔書召術者相州崔參軍治之。「崔設案几，坐書一符，太宗與無忌俱在其後。傾之，宅內井灶門廁十二辰等數十輩，或長或短，狀貌奇怪，悉至庭中。崔呵曰：『諸君等為貴官家神，職位不小，何故令媚狐入宅？』神等前白，云：『是天狐，力不能制，非受略也。』崔令捉狐去，少傾覆來，各著刀箭，云：『適已苦戰被傷，終不可得！』言畢散去。」看了這一幫小神的表演，多麼像《西遊記》中的山神、土地、值日功曹啊！他們忠於職守卻又無能為力，既受妖精的欺凌，又受尊神的責備。孫悟空不是常常喊道，且伸過孤拐來，讓老孫打三百棒以消心頭之氣嗎？較之於唐傳奇而言，《西遊記》寫這些「職方」、「值日」小神，不過將其權利稍有廓大而已。唐傳奇中的井神、灶神、門神、廁神，變成了山神、土地，管轄範圍擴大了；唐傳奇中的十二辰變成了值日功曹，值班時間加長了，如此而已。因為這些傳奇小說寫的是發生在一「家」中的妖精之事，而《西遊記》則寫的是發生在更廣闊的「社會」上的妖精的事，故不得不擴而大之。至於《長孫無忌》篇中幫助崔參軍治狐的神將的描寫，我們且往下看：「崔又書飛一符，天地忽爾昏暝，帝及無忌懼而入室。俄聞虛空有兵馬聲，須臾，見五人，各長數丈，來詣崔所，行列致敬。崔乃下階，小屈膝，尋呼帝及無忌出拜庭中。諸神立視而已。崔云：『相公家有媚狐，敢煩執事取之。』諸神敬諾，遂各散去。帝問何神，崔云：『五嶽神也。』又聞兵馬聲，乃纏一狐墜砌下。」這些五嶽之神較之剛才提到的灶井門廁之神可神氣多了，因為他們是天下最大的山神——五嶽之神。因而，他們可纏妖精而墜階下。這些尊神，在《西遊記》中便演變成為幫助孫悟空擒妖的天兵天將、二十八宿、水德火德之類了。它們均為天庭職掌一方的藩鎮，或管理一事的有司，有職有權，乃天下所共尊之神，自然與護祐一家之神不可同日而語。

　　《西遊記》第十三回寫唐僧遇到三個妖精，將其隨從吃掉。這三個妖精的模樣，在事後唐僧對化作老者的太白金星回憶時說得很清楚：「貧僧雞鳴時，出河州衛界，不料起得早了，冒霜撥露，忽失落此地，見一魔王，凶頑太甚，將貧僧與二從者綁了。又見一條黑漢，稱是熊山君；一條胖漢，稱是特處士；走進來，稱那魔王是寅將軍。他三個把我的從者吃了，天光才散。」而老

叟則明確告訴唐僧：「處士者是個野牛精，山君者是個熊羆精，寅將軍者是個老虎精。」這段描寫，直接源自《廣異記》中之《張鋋》篇。該篇云：「吳郡張鋋，……歸蜀。行次巴西，會日暮」，被「巴西侯」遣人請去。隨後，他見到了「衣褐革之裘，貌極異」的巴西侯及其眾賓客：「六人皆黑衣」的六雄將軍，「衣錦衣，戴白冠」的白額侯，「衣蒼」的滄浪君，「被斑文衣，似白額侯而稍小」的五豹將軍，「衣褐衣，首有三角」的鉅鹿侯，「衣黑，狀類滄浪君」的玄丘校尉，最後，又來一卜者，「被黑衣，頸長而身甚廣」，自稱「洞玄先生」。當夜，於酒筵間，白額侯曾戲對張鋋說：「君之軀可以飽我腹。」而巴西侯又殺洞玄先生，然後眾怪酣飲盡醉。翌日天將曉時，張鋋醒來，「見已身臥於大石龕中，其中設繡帷，旁列珠璣犀象。有一巨猿狀如人，醉臥於地，蓋所謂巴西侯也。又見巨熊臥於前者，蓋所謂六雄將軍也。又一虎頂白，亦臥於前，所謂白額侯也。又一狼，所謂滄浪君也。又有文豹，所謂五豹將軍也。又一鉅鹿、一狐，皆臥於前，蓋所謂鉅鹿侯、玄丘校尉也，而皆冥然若醉狀。又一龜，形甚異，死於龕前，乃向所殺之洞玄先生也。」結果呢？張鋋馳告里中人，里人數百圍殲眾獸。將《西遊記》第十三回的片斷與《張鋋》篇相比，因襲痕跡宛然。其共同之處是：人遇眾怪，險些被吃（或隨從被吃），而這些精怪均作人形，但又帶有動物自然屬性的特徵。並且，他們的名字，也如同謎語一般，暗示他們的身份、原形。所不同者，《西遊記》中只是突出唐僧「初出長安第一場苦難」，故而未寫三個精怪被消滅的過程，《張鋋》篇則是為了「傳奇」，故而必須交代這些精怪的下場。但無論如何，兩處都成功塑造了具有一定美學價值的人獸合一的精怪。

《西遊記》中多次描寫「鬥法」，其中最著名的如「小聖施威降大聖」中二郎神與猴王賭變化、如「車遲國猴王顯法」和「心猿顯聖滅諸邪」中孫悟空與虎力、鹿力、羊力三妖鬥法。這樣一些描寫，亦來自民間關於僧道仙妖鬥法的故事，唐人傳奇中就有不少這樣的描寫。薛用弱《集異記·茅安道》中寫道士茅安道為救二徒，施展法術，「欣然遽就公之硯水飲之，而噀二子，當時化為雙黑鼠，亂走於庭前。安道奮迅，忽變為巨鳶，每足攫一鼠，沖飛而去。」這一段描寫中道士所化之巨鳥，《西遊記》中的孫行者也變過多次。一次是在車遲國，當鹿力大仙剖腹剜心與孫悟空賭法力時，「行者即拔一根毫毛，吹口仙氣，叫『變！』即變著一隻餓鷹，展開翅爪，嗖的把他五臟心肝，盡情抓去，不知飛向何方受用。」（第四十六回）此處雖非行者所變，然毫毛

乃其身上「克隆」之物，與他親身所變也差不多。下面再看孫行者親自變成大鳥二例：一例是在濯垢泉，當蜘蛛精七姐妹洗澡時，只見：「好大聖，捏著訣，念個咒，搖身一變，變作一個餓老鷹。……呼的一翅，飛向前，輪開利爪，把他那衣架上搭的七套衣服，盡情雕去。」（第七十二回）另一例是在無底洞，當女妖耗子精向唐僧求愛獻酒時，孫悟空變作小蟲鑽入酒杯，妖精見是隻蟲兒，用小指挑起，往下一彈，「行者見事不諧，料難入他腹，既變做個餓老鷹。……飛起來，輪開玉爪，響一聲掀翻桌席，把些素果素菜，盤碟家火，盡皆摔碎，撇卻唐僧，飛將出去。」（第八十二回）由此可見，《西遊記》中的孫悟空雖多次變成大鳥——鷹，但其淵源卻在唐人小說《茅安道》中道士所變之巨鳶。

　　《西遊記》中還有一個很精彩片斷，即第六回的「小聖施威降大聖」，而其中最令人眼花繚亂的則是二郎神與美猴王賭變化一段。請看：大聖變作麻雀，二郎就變作餓鷹兒；大聖變作大鷥老，二郎又變成大海鶴；大聖變作魚兒，二郎即變作魚鷹兒；大聖變作小蛇，二郎又變作灰鶴……。這一場變化比賽，既充滿童心童趣，又體現了「一物降一物」的哲理，其審美效果可謂雅俗共賞、老少皆宜。然就其淵源，仍在唐人傳奇小說中。且看裴鉶《傳奇‧樊夫人》一篇中的描寫：當樊夫人與其丈夫劉綱鬥法戲耍時，「庭中兩株桃，夫妻各咒一株，使相鬥擊。良久，綱所咒者不如，數走出籬外。綱唾盤中，即成鯉魚；夫人唾盤中，成獺，食魚。」兩相比較，《樊夫人》描寫單調，《西遊記》描寫繁複。然而，細膩的描摹正來自那簡明的勾勒。《西遊記》這一段變化比賽，正是從《樊夫人》篇中借鑒並發揚光大的。

　　盡人皆知，《西遊記》中有一段「老龍王拙計犯天條」的故事。敘的是涇河龍王與術士袁守誠賭賽，「行雨差了時辰，少些點數」。（第九回）故而犯了天條，被玉帝遣人曹官魏徵斬首，老龍王向唐太宗求救而終無效。據載，這一段材料來自《永樂大典》中「魏徵夢斬涇河龍」條目。有關專家因此推斷《西遊記》作者曾參考《永樂大典》所引用的某部「西遊記話本」。這種推斷的可能性是存在的，但因材料缺乏，終不能論定，令人遺憾。有趣的是，在晚唐五代杜光庭的《神仙感遇傳‧釋玄照》一篇中，卻寫了一個與此內容相同而立意相反的故事。該篇敘釋玄照修道於嵩山，講法華經以利於人，時有三叟虛心聽講。忽一日，三叟對玄照說：「弟子龍也，……得聞法力，無以為報，或長老指使，願效微力。」玄照因當地大旱，令三龍「可致甘澤，以救生靈」。

三叟謂雨可下，但犯天條，須求一人救之，此人乃「少室山孫思邈處士」。玄照乃先代為求之，孫思邈慨然允諾。後三龍降雨，果犯天條，遂化為三獺，遁入孫思邈宅後沼池之中，為天神以赤索繫之出。孫思邈自承其責，並委婉求情。因孫思邈以醫術救人無數，「道高德重」、「名已籍於帝宮」，故天神遂「解而釋之，攜索而去。」將此兩段故事稍作對讀，便可見得《西遊記》中「老龍王拙計犯天條」是對《釋玄照》情節的反其意而用之。二處均寫龍王行雨犯天條，然涇河龍為一己之私忿，境界極低；而三老叟卻為一方黎民造福，境界頗高。故而其結局迥異，涇河龍求人主救之而不果，三老叟求醫者相助而成功。這立意相反而內容相同的故事，又一次證明了《西遊記》對唐人傳奇小說的借鑒。

不僅唐人傳奇小說對《西遊記》影響甚巨，宋代的傳奇之作也對《西遊記》卓有影響。

眾所周知，《西遊記》第五十三回、五十四回有一大段關於「女兒國」的故事，寫得風光迤邐，饒有趣味。但創造「女兒國」的專利絕非屬於《西遊記》作者。追根溯源，「女子國」最早的記載在《山海經》之中，而且不止一處。《山海經‧海外西經》載：「女子國在巫咸北，兩女子居，水周之。一曰居一門中。」《山海經‧大荒西經》也記載說：「有女子之國。」另外，在《淮南子‧墬形訓》中也有「山氣多男，澤氣多女」和「女子民」的說法。此後，《三國志‧魏志‧東夷傳》亦載：「耆老……又言：『有一國亦在海中，純女無男。』」而《後漢書‧東夷傳》所載則更為詳細一些：「耆老……又說：『海中有女國，無男人。或傳其國有神井，窺之輒生子。』」如果將這些記載視為《西遊記》中女子國的源頭，那應該是沒有問題的。但是，這些只不過是《西遊記》女子國之「遠源」，而其「近源」卻在一篇宋人傳奇小說中。

宋人劉斧《青瑣高議》卷三有《高言》一篇，該篇副標題為「殺友人走竄諸國」。在主人公高言逃竄的許多國家中，就有一個「女子國」。該篇寫道：「聞東南有女子國，皆女子，每春月開自然花，有胎乳石、生池、望孕井，群女皆往焉。咽其石，飲其水，望其井，即有孕。生必女子。」這種描寫，應對《西遊記》中「女兒國」的幻造有直接影響。且看《西遊記》第五十三回，當唐僧與八戒喝了莫名其妙的「河水」之後，「疼痛難禁，漸漸肚子大了。用手摸時，似有血團肉塊，不住的骨冗骨冗亂動」。當地的老婆婆針對這一症狀，解釋了其中的原因：「我這裡乃是西梁女國。我們這一國盡是女人，更無男子，

故此見了你們歡喜。你師父吃的那水不好了，那條河，喚做子母河。我那國王城外，還有一座迎陽館驛，驛門外有一個『照胎泉』。我這裡人，但得年登二十歲以上，方敢去吃那河裏水。吃水之後，便覺腹痛有胎。至三日之後，到那迎陽館照胎水邊照去。若照得有了雙影，便就降生孩兒。你師吃了子母河水，以此成了胎氣，也不日要生孩子。」這兩段描寫有許多相似之處：其一，女子國或女兒國全國之人盡皆女子。其二，女子在沒有男性的前提下要想傳種接代必須飲一種水：或咽胎乳石飲生池水，或飲子母河之水。其三，檢驗是否懷孕還必須到規定的地方去「照影」，大致相當於今天的「透視」。這種地方或者叫做「望孕井」，或者叫做「照胎泉」。所不同者，《西遊記》在此基礎上增加了破解胎兒之法——喝「解陽山」「破兒洞」「落胎泉」的水，而《青瑣高議》中卻沒有這些描寫。之所以如此，是因為高言並沒有喝生池水，不需要「落胎」，而唐僧和老豬卻非「破兒」不可。進而言之，《青瑣高議》對「女子國」的描寫非常簡明，《西遊記》中關於「女兒國」卻十分詳細，整整「描寫」了兩回書。這是由於兩部作品的文學體裁不同所決定的。

　　然而，從更深層的文化角度看問題，我們可以發現「女兒」與「水」的關係不僅「源遠」，而且「流長」。上文所引的所有關於女兒國的記載或描寫，都與「水」緊密相關。《山海經》所謂「兩女子居，水周之」。《淮南子》所謂「山氣多男，澤氣多女」。此後，《三國志》所謂「有一國亦在海中，純女無男」。《後漢書》所謂「海中有女國」。可見女子國的臣民全都生活在「水中央」，她們的魂靈也由「水」（澤氣）構成。更有甚者，就連她們傳種接代的方式也是飲「水」，或飲生池水（《青瑣高議》），或飲子母河之水（《西遊記》）。如果我們將欣賞視點向後延伸，還可看到《西遊記》以後的若干「女兒國」，以及這些女兒國的臣民們與水之關係。《紅樓夢》中的大觀園是一個人間的「女兒國」，其中居民除了「男人的一半是女人」的賈寶玉以外，全部都是女性。而這些女性是由什麼構成的呢？賈寶玉的回答堅定而明確：「女兒是水作的骨肉，男兒是泥作的骨肉。」（第二回）這難道不是「山氣多男，澤氣多女」的翻版嗎？再往後，《鏡花緣》中的女兒國，也正是在汪洋大海之中。書中寫道：林之洋等人「行了幾日，到了女兒國，船隻泊岸」。（第三十二回）等到他們離開女兒國時，又是「三人一齊趲行，越過城池，來至船上，見了多九公，隨即開船」。（第三十七回）這難道不是「水周之」、「海中有女國」的「宛在水中央」情結的擴展和延伸嗎？所不同者，《山海經》等書中的「女子國」是「純女無男」，

而《鏡花緣》中的「女兒國」卻是「陰陽倒置」。然而，有遺傳就有變異，只有「變異」了，才能更好地「遺傳」。但無論怎樣變來變去，最本質的東西是不會變的，那就是：「女人」離不開「水」。

由上可見，越是具有文化意味、審美意味的東西，就越發會永存於天地之間，為眾口所傳，為眾筆所書。唐宋傳奇如此，《西遊記》如此，二者之關係亦如此。

（原載《明清小說研究》2005 年第四期）

話本小說研究的新收穫
——評《話本小說史》

　　話本小說是中國古代通俗小說的重要一支，與長篇章回小說一樣，深受讀者歡迎，流傳廣泛深遠。但是，長期以來對話本小說的研究、尤其是專題系統的研究，卻相對薄弱。八十年代初，胡士瑩先生的遺著《話本小說概論》出版，這部既具總結性又具開創性的專著引起了學術界的高度重視，作序的趙景深先生贊之為「研究話本的百科全書」，《人民日報》、《文學遺產》等報刊發表書評，評價很高。十多年來，這第一部綜合系統研究話本小說的專著幾乎仍是唯一權威著作，一直被當作研究話本的最重要的參考書，不過，該書雖體系博大、撰構宏富，但大體上仍未跳出歷來研究話本小說重資料、重考據的圈子，誠如程毅中先生在書評中指出的，「本書的最大特色是資料豐富」。(《文學遺產》1981 年第二期) 該書書名雖標「概論」，「論」卻著墨不多，著者的主要精力放在資料的收集整理和研究上，而且也確實提供了許多罕見的新資料。歐陽代發《話本小說史》(武漢出版社 1994 年 5 月出版) 繼往開來，在吸收前人研究成果的基礎上，重視作品文本的研究論述，特別著力於對話本小說階段性探討，闡明其演變歷程，以洋洋三十餘萬言，寫成一部全面系統的話本小說發展史。這是話本小說研究的重要新收穫，與《話本小說概論》一樣，都是既具開拓性又帶總結性的學術專著。

　　作為《話本小說史》，該書的一個突出特點是注重史論。著者把千年話本小說的發展劃分為唐代萌生期、宋元興盛期、明末清初繁榮期、清中葉後衰落期四個時期，又將興盛和繁榮兩個時期各分為三個階段進行探討，這就使

話本小說發展的歷程線索清晰、脈絡分明。在具體論述時，著者既力求全面評價各時期的作家作品，又突出重點。如第四章「話本小說的興盛——宋代話本」、第八章「傑出的通俗文學家馮夢龍和『三言』」、第九章「凌濛初和『二拍』」、第十一章「清初擬話本代表作家李漁」等，均屬著者論述重點之所在。而且論述時也不是面面俱到，一般概括，而是突出重點，論其思想藝術新進展，論其獨特藝術個性，力求顯其特色，寫出新意。與此同時，著者還特別著力於把握各個時期話本小說的總特點展開論述，如對宋人話本的特色、明人話本的承前啟後意義、明末擬話本的發展趨向、清初擬話本的新變化等問題，著者都提出了自己獨到的見解。例如，著者在「清初擬話本小說的新變化」一節中，首先將明末與清初的擬話本作了一個整體的比較，得出「與明末擬話本一般比較滯重難讀不同，清初擬話本給人的突出感覺是輕巧易讀」的結論。隨後，又從「清初擬話本取材求新」、「清初擬話本描寫求趣」、「清初擬話本喜歡寫平凡的芸芸眾生」、「清初擬話本精心安排情節結構」、「清初擬話本小說的語言一般都輕快風趣」、「在話本小說體制形式上清初擬話本也更為靈活隨意」等方面展開詳盡的論述，給讀者明晰而又深刻的印象。另外，著者還能將這些論述置於較廣闊的社會文化背景中，結合市民階層興起的發展歷程、各歷史時期不同文人的創作心態、中國文學從面向上層到面向下層的轉移走向等來展開，通過綜合研究，上升到發展規律的探討，形成「史」的發展觀念。縱觀全書，可以說做到了有「點」有「面」、有「史」有「論」，這就向讀者提供了一個血肉豐滿、具體翔實的話本小說的發展過程。

該書的另一個突出特點是言之有據、不尚空談。搞文學史的研究，不充分佔有文學史料是無法進行的，著者深諳此中道理，在對話本小說史料的搜集、爬梳、鑒別方面下了很大的工夫。著者在開卷第一章第一節中曾經談到：「造成話本小說研究薄弱的原因固然不少，其中主要的還在資料缺乏，作品難見。……近年來，這方面的情況大為改觀，許多孤本秘笈，包括散於海外者，都影印出版了，這就給話本小說的研究提供了最基本的條件。也正是有前人搜集、整理及研究的基礎，《話本小說史》的編寫才有了可能。」這一番實事求是的自白，其實正是搞學術研究最基本的道理，但要真正做到充分佔有資料卻並不那麼容易。與某些僅僅只看了幾部作品便匆匆開始「宏觀研究」的人相比，《話本小說史》的著者是絕不投機取巧的老實人，他全面地紮紮實

實地研究了自己的論述對象和有關參考資料，這一點，從該書許多章節裏面對作家、作品的基本情況的介紹中自可得到證明。但同時必須指出，著者在利用史料時，並非一味照抄照搬，而是經過了自己的排比、甄別的。尤其是對某些尚有疑點的問題，著者更是在充分利用前人研究成果的基礎上提出了自己的看法。如該書第六章第二節中對《京本通俗小說》的成書時間的分析就是一例。在這裡，著者首先排列出學術界對《京本通俗小說》真偽問題的三種意見，並對每一種意見的代表作的出處均一一注明。然後，再談出自己對這一問題的看法，他說：

> 總之，意見分歧甚大，爭論至今仍未結束，但傾向於偽作的人較多。確實，《京本通俗小說》的疑點是頗多的。該書既是孤本，又是關於話本小說的重大發現，來源卻交代不明，又無影印真件。該書現存篇目，全見於馮夢龍「三言」，字句出入甚微，而有些重要不同，如「故宋」，《拗相公》作「我宋」，《錯斬崔寧》作「我朝」之類，反露出作偽痕跡。在今存話本小說中，一般只稱宋朝為「大宋」、「皇宋」，除《京本通俗小說》中這兩篇外，再也沒有發現第三篇如此稱呼的。而且，《警世通言》中《范鰍兒雙鏡重圓》中的女主角是呂順哥，故事來源於宋·王明清《摭青雜說》，主人公姓呂，完全相合。而《京木通俗小說》據《也是園書目》「宋人詞話」類著錄有《馮玉梅團圓》，於是把該篇女主角改名馮玉梅，篇名改為《馮玉梅團圓》收入。但篇名人名改後，卻與原所據故事發生了矛盾，反現馬腳。

這一段分析，雖只有三百餘字，但要看很多材料（包括話本小說原著和有關評論文章）方能寫出。不然，著者憑什麼得出「《京本通俗小說》疑點頗多，不宜作為早期話本小說集看待」的結論呢？

十分注重比較研究，是該書的又一個顯著特色。寫「史」關鍵是要闡明發展變化，進行比較實屬正確途徑。此一階段與彼一階段有何區別？這一作家作品與另一作家作品有什麼區別？後者較之前者有什麼新的東西？只有進行比較研究，才能充分顯現出來。從階段特點來說，宋人話本的市民文學特色既是在同唐傳奇的比較中顯現，清初擬話本的新變化也是在與明末擬話本的比較中闡明。由於著者能從創作主體、描寫對象、寫作目的、語言特色等多方面對宋話本與唐傳奇進行對比分析，這中國「小說史上的一大變遷」

（魯迅語），宋話本的市民文學特色，才得到具體清晰的顯現。而且即使同是表現市民意識，也要比較指出，由於受晚明人文思潮影響，晚明擬話本也與宋元話本有所不同，思想境界更高，市民意識更鮮明。而對明末擬話本在繼承「三言」、「二拍」中所表現出的倒退趨勢，即減少了「活躍的進步的新興市民意識，而傳統的封建意識反有所加強」的揭示，則涉及到當前文化史、思想史、文學史研究中一個頗值得重視卻還重視不夠的問題。著者雖僅就明末擬話本實際展開論述，但無疑提供了有價值的新看法、新思想材料。就作家作品而言，「三言」的評價既在與宋元話本的比較中論其創新，「二拍」也主要在與「三言」的比較中評判其價值，而李漁的獨特創作個性更在與其他作家作品的比較中凸現出來。馮夢龍的「三言」是話本小說中最受研究界重視的，著者在論述時便不去全面展開，而主要在與以前文學作品，特別是宋元話本的比較中論其創新。如論到「三言」中出現了社會新主角商人形象，便先勾劃歷來文學作品對商人的態度，在對比中闡明「只有到了『三言』中，中國文學才第一次讓大量商人的正面形象進入文學殿堂，把他們當正面主角加以描寫」，並且指出「三言」在肯定地描寫商人致富道路時，突出他們是靠好心、勤苦、智力致富，具有「把『義』與『利』聯繫在一起加以表現，以既求『利』又守『義』為讚美對象」的特點。而在凌濛初「二拍」中，對商人的描寫則又有了新內容、新進展：「擺脫道義對商人逐利的束縛，從單純追求利潤、發財致富的角度描寫商人，正面表現他們海外冒險、囤積居奇、大膽取進的思想精神和致富手段，這就從商人經商活動更本質的方面，鮮明表現出資本主義萌芽的茁壯發展，這是『二拍』比『三言』中這類作品尤其富於時代氣息的地方。」如此論述，既鮮明揭示演進軌跡、也突出作品特點，富有新意。又如對歷來文學作品中大量寫到的封建官吏，著者對大家論得多的揭露官場黑暗方面一筆帶過，而著力於「新形象」、新特點。於是論述了「三言」中出現的並不清的「清官」新形象，不僅打破了歷來對「清官」的迷信，而且在中國小說史上具有開創意義，比「歷來小說，皆揭贓官之惡，有揭清官之惡者，自《老殘遊記》始」（魯迅《中國小說史略》引作者自評），實際早了近三百年；還從「三言」中出現的或昏聵或貪婪的考官形象，論到「三言」中有不少作品把批判矛頭指向了八股科舉，在中國小說史上形成了對封建科舉弊端的第一次集中批判，而並非如一般所論，這種批判是從蒲松齡《聊齋誌異》開始的（參見中國社會科學院文學所編《中國文學史》（三），第 1214 頁）。特別是

著者還總結性指出,「三言」中實際出現了一批市民化的官吏新形象,這富於創見的提法,揭示了「三言」作為市民文學代表作的本質特點。在論到具體作品時,即使同屬明末喜歡說教的作品,也要進行比較,如說:

> 比較而言,《石點頭》說教氣更重,而《西湖二集》悲憤情更烈,《石點頭》重在客觀描寫,所以結構嚴謹,情節曲折,形象鮮明,而《西湖二集》常多主觀的情調,文筆瀟灑靈活,時有誇張諷刺,但卻有時失之油滑粗俗,結構也較為鬆散,情節繁複支蔓,形象不夠鮮明。

這樣,著者的論述雖不是面面俱到,但確有心得,抓住特點,切中肯綮,開掘頗深。

作為一部全面系統的話本小說史,必然要吸收前人的研究成果。著者學術風格樸實,論述穩妥精當,以準確見長,而不求以新奇取勝,決不玩弄時髦術語,當然更會注重對已有學術成果的吸收。但是,著者也力求寫出新意,不僅目錄上多標「新」字,論述中也新見迭出。如關於馮夢龍的擬話本創作問題,這是一個學術界經多年研究幾乎難以進展的老難題,也是造成話本小說研究中出現混亂的關鍵性問題。著者從研究方法入手,詳加分析,為解決這個學術界長期難以解決的問題提供了一種新的思路、新的解決方法。他說:「既然已考證清楚了『三言』是馮夢龍的作品,那就是應以承認其總體著作權為前提,再去考證其中哪些篇目並非他的作品。但現在是反過來,先否定馮夢龍的著作權,再去考證『三言』中哪一篇是他所作。這實在是搞顛倒了!於是出現了這樣的情況:凡是考證『三言』中某些作品是馮夢龍所作的人,因找不到像《老門生三世報恩》那樣的鐵證,所以材料雖擺了不少,下詞卻是『可能』、『疑出』之類,很是小心謹慎。而否定則很簡單,下詞也頗決斷,因為否定者只要說一句『缺乏確鑿的證明』,就可把你花氣力擺了不少材料的考證推倒。但是,如果反過來,既已肯定『三言』是馮夢龍的作品,那要說其中某篇不是他所作,則應拿出『確鑿的證明』,否定者又拿得出多少呢?」這種觀點和角度,一反傳統之見,又有理有據,頗能令人信服。又如,對話本小說衰落的原因,歷來的研究只是從社會政治、時代思潮的一般性角度尋找,該書卻注意到一個被忽略的問題,一個「不可迴避的事實」,即在清中葉相同社會政治背景下,短篇話本小說衰落了,長篇章回小說卻推向了高峰,認為「在同一歷史時期,一支登上頂峰,一支墜入低谷,無論如何主要應是自

身內部因素決定的。」於是，著者避開一般性的社會政治原因，另闢蹊徑，致力於探索話本小說衰落的內因。外因是變化的條件，內因是變化的根據，抓住內因才抓住了根本，如此研究當然能出新意。而且，這兩例都帶有研究方法、思維方法的創新意義，能給人以深刻啟發。

當然，該書亦有需進一步完善之處。如對擬話本衰落之內因的探討，該書雖以整整一節的篇幅進行論述，並能發人之所未發，尋繹出擬話本小說衰落的若干重要的內在因素，但仍令人感到有不太充分的遺憾。如能從美學的角度進一步展開闡述，效果或許更佳。

對於中國古代小說發展史的研究，前輩學者們已作出了很大的努力，也取得了極大的成功。如何在老一輩專家學者們研究成果的基礎上，進一步提高中國古代小說史研究的水平，從而使這一領域的研究工作再開新花，這已成為當今古典小說研究者、尤其是中青年研究者的一個重要任務。歐著《話本小說史》無疑是這一研究進程中的一個重大收穫。我相信，這樣一本有份量的學術專著是經得起歷史檢驗的。

（原載《湖北大學學報》1995 年第五期）

論馮夢龍對舊話本小說的改造
——兼談《京本通俗小說》的成書時間

一

馮夢龍在編纂「三言」的過程中，對舊話本小說的改造，應當是比較全面的。但由於宋、元、明的舊話本小說保存至今者並不太多，故而影響了我們對這一問題的全面、系統的評價。就目前所掌握的材料來看，與「三言」中作品有對應關係的舊話本小說至少有如下篇目：

（一）《清平山堂話本》中十一篇

1. 《柳耆卿詩酒翫江樓記》（《古今小說》卷十二《眾名姬春風弔柳七》）。
2. 《簡帖和尚》（《古今小說》卷三十五《簡帖僧巧騙皇甫妻》）。
3. 《風月瑞仙亭》（兼善堂本《警世通言》卷六《俞仲舉題詩遇上皇》之頭回。又，三桂堂本《警世通言》以之取代兼善堂本卷二十四《玉堂春落難逢夫》，題作《卓文君慧眼識相如》）。
4. 《陳巡檢梅嶺失妻記》（《古今小說》卷二十《陳從善梅嶺失渾家》）。
5. 《五戒禪師私紅蓮記》（《古今小說》卷三十《明悟禪師趕五戒》）。
6. 《刎頸鴛鴦會》（《警世通言》卷三十八《蔣淑真刎頸鴛鴦會》）。
7. 《錯認屍》（《警世通言》卷三十三《喬彥傑一妾破家》）。
8. 《戒指兒記》（殘）（《古今小說》卷四《閒雲庵阮三償冤債》）。
9. 《羊角哀死戰荊軻》（殘）（《古今小說》卷七《羊角哀捨命全交》）。

10.《死生交范張雞黍》（殘）（《古今小說》卷十六《范巨卿雞黍死生交》）。

11.《李元吳江救朱蛇》（殘）（《古今小說》卷三十四《李公子救蛇獲稱心》）。

（二）《熊龍峰刊行小說四種》中一篇

12.《張生彩鸞燈傳》（《古今小說》卷二十三《張舜美燈宵得麗女》）。

（三）何大掄本《燕居筆記》中一篇

13.《綠珠墜樓記》（《古今小說》卷三十六《宋四公大鬧禁魂張》之頭回）。

以上共計十三篇作品，它們與「三言」中某些作品的對應關係，已為學術界所確認。另有《京本通俗小說》中七篇作品，亦與「三言」有些瓜葛，排列如下：

1.《碾玉觀音》（《警世通言》卷八《崔待詔生死冤家》）。

2.《菩薩蠻》（《警世通言》卷七《陳可常端陽仙化》）。

3.《西山一窟鬼》（《警世通言》卷十四《一窟鬼癩道人除怪》）。

4.《志誠張主管》（《警世通言》卷十六《小夫人金錢贈年少》）。

5.《拗相公》（《警世通言》卷四《拗相公飲恨半山堂》）。

6.《錯斬崔寧》（《醒世恒言》卷三十三《十五貫戲言成巧禍》）。

7.《馮玉梅團圓》（《警世通言》卷十二《范鰍兒雙鏡重圓》）。

然而，關於《京本通俗小說》的成書時間問題，自繆荃孫於 1915 年刊行該書以來，至今學術界的意見並不一致，有相信繆荃孫跋語所言「的是影元人寫本」者，有認為是明代出現者，也有認為此書乃繆荃孫偽造者。筆者認為，《京本通俗小說》當出於「三言」之後，編纂者可能看過其中某些單篇的古本，或根據「三言」某篇所標明為「宋本」「古本」者，最終參以「三言」中的對應篇目，略作修改而成。對此，試分析如下：

其一，《清平山堂話本》殘存二十七篇，見於「三言」者僅十一篇，《熊龍峰刊行小說四種》四篇，見於「三言」者僅一篇。可知馮夢龍編纂「三言」時，並未對固有的舊話本小說集作全面吸收，而是有選擇的。但《京本通俗小說》現存之七篇，全部見於「三言」，事情不當如此湊巧。

其二，馮夢龍對《清平山堂話本》等書中入選「三言」之篇目普遍有較

大的改動，改動最大的如《柳耆卿詩酒翫江樓記》，幾乎脫胎換骨，改動最小的（殘篇不計）如《刎頸鴛鴦會》也有一百多字。而《京本通俗小說》與「三言」中對應作品之間的差別，最大的如《馮玉梅團圓》僅只一百字左右，而且其中因人名改動的字數竟達七十餘字，除去不算，該篇所改動者不過三四十字，其他諸篇，所改動者亦都在幾十字之間。如果說，馮夢龍對舊話本小說中某一篇作品情有獨鍾而改動甚少，尚情有可原；若說他對某一部小說選本全部報以青眼，不作多大的改動，則令人難以置信了。

其三，「三言」《崔待詔生死冤家》一篇中，在「誰家稚子鳴榔板，驚起鴛鴦兩處飛」兩句詩後，有「這漢子畢竟是何人？且聽下回分解」一句話，分明是馮夢龍刪改舊話本小說未曾乾淨的痕跡。而《碾玉觀音》在這上、下兩回的分界處，卻刪去了這一句話，豈不是比「三言」更為遠離說話伎藝？此事亦可從馮夢龍刪改《清平山堂話本》諸篇中得到反證。如《陳巡檢梅嶺失妻記》《刎頸鴛鴦會》《錯認屍》《戒指兒記》等作品中原有的諸如「直交」、「權做個笑耍頭回」、「有分交」、「直叫」、「必竟（如何如何）」、「未知（如何如何）」一類說話伎藝中分回分段的套語，馮夢龍一併刪去，何以碰上《碾玉觀音》一篇時，馮夢龍卻將原已刪去的「且聽下回分解」云云又重新補將進去？正常的理解只能是《京本通俗小說》的編纂者從「三言」中刪去這句話。

其四，再看幾個具體例證。例證之一，《陳可常端陽仙化》一篇中，寫吳七郡王「將可常帶回見兩國夫人」，而《菩薩蠻》則作「將可常帶回見兩個夫人」。大概是改作者認為「兩國夫人」不通，故改作「兩個夫人」，殊不知吳七郡王之妻恰可稱為「兩國夫人」。《宋史‧職官志十》：「三師三公，……妻國夫人。」吳七郡王乃吳益，他先是太尉，後是太師，其妻當有兩次「國夫人」的封號。況且，吳七郡王也不止兩個夫人，而至少有五個夫人，後文寫到勘問新荷者即「府中五夫人」。此正所謂不明底裏而妄改之。例證之二，《小夫人金錢贈年少》一篇中，寫小夫人「門首看街消遣」，此乃宋元俗語，而《志誠張主管》此處卻改作「門外看看消遣」，乃是近代人的口吻。例證之三，《馮玉梅團圓》一篇，將《范鰍兒雙鏡重圓》一篇中的「探問荊妻消耗」改作「探問荊妻消息」，「吃了些飯食」改作「吃了些飲食」，「消息」、「飲食」二詞如此用法，分明是近代人的習慣，此等地方，均露出妄改的蛛絲馬蹟。

其五，談到《馮玉梅團圓》一篇，歷來疑點最多。如該篇開首「簾卷水西

樓」一詞，即是明初瞿祐所作，（見田汝成《西湖遊覽志餘》）此篇斷非宋元作品，不辯自明。有趣的是，恰恰此篇卻再三將《范鰍兒雙鏡重圓》中的「南宋」改作「我宋」、「南宋建炎四年」改作「高宗建炎四年」，分明是故意託古。試想，一篇引用了明代人詞作的小說竟自稱「我宋」，豈不滑天下之大稽？就今存話本小說觀之，凡稱宋朝多謂「大宋」「皇宋」，唯《京本通俗小說》中獨稱「我宋」。不僅《馮玉梅團圓》一篇如此，若《拗相公》、《錯斬崔寧》諸篇，也一再將「三言」對應篇目中的「故宋」改作「我宋」、「宋朝」改作「我宋」、「卻說故宋朝中」改作「我朝元豐年間」、「南宋時」改作「高宗時」，均屬有意託古，而且，每處改動的字數均完全相等，似有挖改之嫌。再者，《馮玉梅團圓》一篇之本事，目前所知最早記載見於宋人王明清《摭青雜說》，明載女主人公姓呂，「三言」與之相合，而《京本通俗小說》的編者僅據《也是園書目》「宋人詞話類」著錄有《馮玉梅團圓》，便將女主人公呂順哥改作馮玉梅，亦屬莫名其妙。

　　當然，《京本通俗小說》改「三言」中有關作品亦有合情合理處。如《志誠張主管》一篇中寫「張勝吃驚，只見張員外家門便關著，十字兩條竹竿縛著」，「關」，「三言」作「開」，張員外家被封，當然是「關」著合理。再如同篇中「讀到『不合』兩個字」，「兩」，「三言」作「三」，「不合」二字，自然不會變成三個字。還有《錯斬崔寧》一篇中，靜山大山自言曾「枉殺了兩個人」，而「三言」則作「枉殺了一個人」，據下文所言，靜山大王所枉殺者一個是劉貴，一個是老王，自以「兩個人」為是。如此種種，均乃「三言」中的明顯錯誤，而改動這些明顯錯誤，一般讀書稍細心者均可為之。

　　綜上所述，《京本通俗小說》諸篇對「三言」中相應篇目的更改，要在極為明顯處，或有意託古處。而對於隱含較深的地方，則改得大不合情理。由此可見，《京本通俗小說》的編者應當是看過「三言」的，換言之，《京本通俗小說》的成書時間只能在「三言」之後。

二

　　只要將「三言」中有關篇目與上述《清平山堂話本》等集子中的十三篇作品一一對讀，我們就可發現，在對宋元明舊話本的改造方面，馮夢龍是煞費苦心的，而且取得了十分顯著的成績。這主要可以從以下幾方面加以認識：

其一，刪改舊話本中殘存的某些說話藝人的套語和臨場發揮的話頭，使作品語言更加書面化。

在舊話本的開頭結尾處，往往有許多說話人的套語，如《簡帖和尚》《張生彩鸞燈傳》的結尾均有「話本說徹，且作散場」的套語，《刎頸鴛鴦會》開首處的「丈夫隻手把吳鉤」俗詞一首等，對此，馮夢龍徑直刪去。對於某些舊話本中的入話詩，馮夢龍也作了適當的刪減。這樣，就使得「三言」中的相應作品行文更為簡潔、更為書面化。對於舊話本中某些繁瑣不堪的描寫，馮夢龍也做了大量的簡化工作。如《陳巡檢梅嶺失妻記》中若干詩詞，馮夢龍多有刪削。再如《戒指兒記》中有一首「單道著女人嬌態」的《滿庭芳》詞，馮夢龍亦刪之。最引人注目的是《風月瑞仙亭》中，司馬相如初見卓文君時竟說出「恨無磨勒盜紅綃之方，每起韓壽偷香竊玉之意」的話來，像這樣不合情理而屬於說話人臨場發揮的話語，馮夢龍一概刪去。更有趣的是《李元吳江救朱蛇》一篇寫到「艾葉煎湯」時，忽然插入「元來艾葉放在書中不蛀，因此取來煎湯」十六個字，此乃說話藝人向聽眾解釋何以要用艾葉煎湯，與故事內容無關，故馮夢龍刪得乾乾淨淨。

其二，潤飾舊話本中某些不完美處，使小說內容更為精緻雅潔，更具趣味性。

舊話本的某些地方顯得不夠完美，馮夢龍多有潤飾。如《簡帖和尚》頭回中王氏有一首以複姓為題諷刺其夫考試不中歸來的《望江南》詞，其中有幾句沒有嵌入複姓，經馮夢龍改造之後，詞中句句不離複姓，更為精緻。再如同篇正話中故用重複手法，第二次寫到簡帖和尚的容貌衣著，舊話本中與第一次描寫不盡相同，「三言」則完全同於第一次描寫，這就給人以更為深刻的印象。還有《戒指兒記》一篇中，當阮三丟了性命以後，其兄阮二找尼姑扯皮，書中緊接著寫了兩次「尼姑道」如何如何，雜亂不堪，馮夢龍則在兩次「尼姑道」之間，插入阮二的對答，便覺條理清晰。此外，對於舊話本中所用的一些俗字、錯別字，馮夢龍也多有改正。如將《陳巡檢梅嶺失妻記》中的「風都」改作「酆都」，將《羊角哀死戰荊軻》中的「氣語不凡」改作「器宇不凡」，將《死生交范張雞黍》中的「失望了日期」改作「失忘了日期」等等。

其三，對舊話本的某些細節加以修改，使作品的故事情節更為合情合理。

舊話本中，有許多情節方面的漏洞，經馮夢龍修改之後，便更合情理。如《簡帖和尚》一篇中寫「只見一個男女托個盤兒」上場，並未交待此人姓名，而後文又直接稱此人為「僧兒」，便覺突兀，馮夢龍在此處先加上「名叫僧兒」四字，就順暢得多。再如《陳巡檢梅嶺失妻記》一篇中，當陳巡檢妻子被妖精攝去之時，書中寫道：「巡檢知是申公妖法」，但前文卻未敘述陳巡檢知道妖精乃是申公，因此露出破綻，馮夢龍將此處改作「不知是何妖法」，便覺合理。還有《戒指兒記》寫阮三與眾家子弟聚會一段，接著就寫「舉目見個侍女」來了，並未交待眾家子弟是否仍然在場，馮夢龍於此處加上一筆：「這一夜，眾家子弟各有事故，不到阮三家裏。」將「眾家子弟」排除在外，造成阮三與侍女說話的方便。此等地方，均見出馮夢龍的修改，使故事情節更加針線細密。

其四，對舊話本某些片斷的改造，體現了馮夢龍的審美情趣。

馮夢龍的審美情趣，總體上較之舊話本作者要高出一籌，這在不少地方都得以體現。如《風月瑞仙亭》中寫司馬相如與卓文君見面之後，「文君許成夫婦，二人倒鳳顛鸞，頃刻雲收雨散」。而馮夢龍則將此處改為二人計議作長久夫妻，「豈在一時歡愛乎？」便顯得情調高雅。再如《張生彩鸞燈傳》之頭回寫一私情女子自稱「妾處深閨，祝天求合，得成夫婦」。而馮夢龍則改為「妾乃霍員外家第八房之妾，員外老病，經年不到妾房。妾每夜焚香祝天，願遇一良人，成其夫婦」。兩相比較，自然又是「三言」為佳，具有不滿一夫多妻制的意味。在這些地方，大都體現了馮夢龍對女性的同情和愛護，他的立足點多半是站在女性一邊，而舊話本作者則往往站在男性的立場來看問題。

以上所言，僅僅是馮夢龍對舊話本小說進行改造的一些細微末節問題，但僅僅是這些細微之處，亦可窺見馮氏的許多成功的經驗。當然，更能體現馮夢龍的審美眼光和藝術水平的，還是那些改動篇幅較大的作品。

三

馮夢龍對舊話本小說改動最大的是《柳耆卿詩酒翫江樓記》。馮氏在署名綠天館主人的《古今小說敘》中說：「如《翫江樓》《雙魚墜記》等類，又皆鄙俚淺薄，齒牙弗馨焉。」可見他對原作是很有意見的。《柳耆卿詩酒翫江樓記》（以下簡稱《翫江樓》）的篇幅並不大，全文不到三千字，主要敘柳永的風流

韻事，可分為兩大部分。前一部分敘柳永在京師與陳師師、趙香香、徐冬冬三個出名的上等行首打暖，除了柳永的幾首詩詞外，無甚故事情節。後一部分是主體，實際上只寫了一個故事：柳永為餘杭縣宰，修一「翫江樓」以自取樂。一次，他看上了當地美妓周月仙，春心蕩漾，以言挑之，月仙不從。柳永打聽得月仙與當地黃員外相好，每夜坐船去黃家。於是，柳縣宰便買囑舟人將船蕩至無人處姦污了月仙。月仙被舟人姦污後，寫了「自恨身為妓，遭淫不敢言。羞歸明月渡，懶上載花船」一詩。舟人以此詩回覆柳永，柳永遂於翫江樓設宴，召月仙至，於宴席上歌月仙所作詩以辱之，終迫使月仙屈從於己，由此歡悅無怠。

《翫江樓》中的柳永，是一個風月場中的無賴兼惡霸的典型。他倚仗權勢凌辱妓女，而且手段極其下流卑劣，絕非為青樓女子所傾心愛慕的柳七官人。這樣一個柳縣宰，不僅與歷史上的柳永其人相去甚遠，而且與民眾心目中的柳耆卿迥然有異。馮夢龍本人也曾與一青樓女子有過一段纏綿而純真的戀情，他懂得受到風塵女子所敬仰的落魄文人、風流才子應當是一種什麼樣的形象，因此，他鄙棄《翫江樓》中的柳耆卿，而在《眾名姬春風弔柳七》中重造了一個真正屬於青樓女子的心上人的柳七官人。這樣一個點鐵成金的改造過程，對作者馮夢龍而言，具有必然性。

《眾名姬春風弔柳七》（以下簡稱《弔柳七》）一篇凡七千字，除了頭回敘孟浩然不遇的故事外，正話可分為四個部分。第一部分主要敘柳永在京城中與三個上等行首往來，並為京師眾名姬所敬慕，以至於妓家傳出這樣幾句口號：「不願穿綾羅，願依柳七哥；不願君王召，願得柳七叫；不願千黃金，願中柳七心；不願神仙見，願識柳七面。」對柳永與妓家的親密關係作出了極高的評價。第二部分寫柳永授餘杭縣宰，途經江州時結識了當地名妓謝玉英，二人心心相印、海誓山盟，終不得已而含淚分別。第三部分敘柳永來到餘杭，為官清正。以下一段故事與《翫江樓》情節基本相同，但卻把捉弄周月仙的惡霸由柳縣宰改為劉二員外，將月仙所愛之人由黃員外改作黃秀才，而柳永則以縣宰的身份，最終將錢八十千替月仙除了樂籍，配與黃秀才為妻。第四部分寫柳永任滿回京，江州謝玉英入京訪柳永，二人情同夫婦。柳永受奸人迫害，罷了官職，益發放曠不檢，最終亡於妓家，眾名姬如他的親人一般，斂取財帛為之送葬。此後，每逢清明時節，各各到柳永墳前拜掃，喚作「弔柳七」，竟成風俗，延至南宋。

《弔柳七》的思想情趣與《翫江樓》截然不同，整篇作品以一「情」字貫串始終，而且是那種代表著許許多多淪落風塵的「卑賤」女性所企望、所要求的真淳的關心、體貼、疼愛之情。該篇中的柳七，既是屬於妓女們心目中的真正有情人，又比歷史上的柳永更多一層藝術的改造，同時，還帶有創作主體馮夢龍自身一縷情根的團結。馮夢龍嘗言：「余少負情癡，遇朋儕必傾赤相與，吉凶同患。聞人有奇窮奇枉，雖不相識，求為之地，或力所不及，則嗟歎累日，中夜展轉不寐。見一有情人，輒欲下拜。或無情者，志言相忤，必委曲以情導之，萬萬不從乃已。」（《情史序》）《弔柳七》中柳永作為「風流首領」拔月仙於苦海之中並成人之美的情節，正是馮夢龍中心情結的外化。《弔柳七》一篇，雖在整個「三言」之中還算不上出類拔萃的一流作品，但在歷來有關柳永故事的戲曲小說作品中卻堪稱上乘之作。更重要的是，這一篇作品正可視為馮夢龍改造舊話本的一個極為成功的範例。

四

如果說，《弔柳七》對於《翫江樓》的改造主要體現了馮夢龍高層次的審美情趣的話，那麼，《明悟禪師趕五戒》）（以下簡稱《趕五戒》）對於《五戒禪師私紅蓮記》（以下簡稱《紅蓮記》）的改造，則集中體現了馮夢龍在寫人藝術和情節推進方面的審美追求。

就思想意義而言，《趕五戒》與《紅蓮記》基本一致，無非是一個宣揚佛法、因果輪迴的故事，無足稱道。而且，對於故事前半段關於五戒禪師私紅蓮的描寫，馮夢龍亦未作太多的改動。我們所要分析的主要是後半段描寫，當五戒投胎為蘇軾、明悟投胎為佛印以後，二書的寫法便大不相同了。《紅蓮記》中的敘事，顯得過於簡單和笨拙，只是草草交待謝端卿出家為僧、法名佛印，蘇子瞻科考成名，卻不信佛法。然後突然寫佛印求見蘇學士，二人吟詩作賦，結為詩友，佛印終日監著蘇軾，蘇軾因此而省悟前因，敬佛禮僧，自稱為「東坡居士」。

《趕五戒》的寫法卻要細密得多，尤其在一個「趕」字上下盡工夫。作者先寫蘇軾與謝瑞卿幼時為同窗好友，只是志趣不同，蘇氏志在功名，不信佛法，謝氏則衷心向佛，不求仕進，二人往往相互責難。及至蘇氏一舉成名後，因思念同窗好友，接謝氏進京，而謝氏亦恐蘇氏身居高位而謗佛滅僧，遂趕至京師。二人終日談論，各執己見，不相上下。後因一次偶然的機會，謝

氏被皇帝發現，經蘇氏介紹，皇帝大為欣賞，親付謝氏以度牒，並賜以法號佛印。謝氏久欲出家，正中下懷，但表面上卻故意埋怨蘇氏害他出家，迫使蘇氏叫他說法，逐漸改造著蘇軾。此後，蘇軾被貶官至杭州、徐州、湖州，佛印一再追隨，沿途「趕」將下去。隨後，蘇軾下獄，夢中與佛印重遊舊地，感悟前生，決心護法，學佛修心。接下去，蘇軾再貶黃州，上任前重遊前生故地，方知佛法輪迴，欲從佛印出家，佛印謂其塵緣未斷。最後，蘇軾一再遭貶，終於看破紅塵，與佛印同日而逝，脫離苦海。

兩相比較，《趕五戒》在描寫蘇軾由謗佛毀僧到皈依佛法的過程中，隱隱體現了塵寰中仕途的險惡，從而在客觀上反映出封建統治階級內部相互傾軋的現實，這已比《紅蓮記》高出一籌。更重要的是，在描寫蘇軾思想轉變的過程時，《紅蓮記》的作者顯得十分性急，結果，欲速則不達，顯得很突兀，缺乏層次感。而馮夢龍對這一問題的描寫則極有層次，極其細膩，能將一個粗略的故事梗概改造得一波三疊、層層遞進，能將那概念化的人物改寫得栩栩如生而又符合生活的邏輯，從而，充分體現了馮夢龍的寫作技巧和審美追求。

五

誠然，馮夢龍在改造舊話本時，在許多方面都體現了他不同凡響的藝術眼光和審美趣味，但也並非對每一篇作品的每一個地方都改得恰到好處，在少數地方，也有改得糟糕的敗筆。如《錯認屍》中，寫周氏對董小二有心，常用「涎鄧鄧的眼引他」，而馮夢龍卻改作「眉來眼去的勾引」。兩相比較，前者生動，後者則太一般化。再如《刎頸鴛鴦會》中，蔣淑珍的隨侍名叫「阿滿」，很有市井意味，而馮夢龍卻改作「阿瞞」，以曹丞相之小名賦予市井家庭侍女，令人啼笑皆非。再如《錯認屍》結尾處，寫喬俊一家人口全都死了以後，原作者僅作簡單的對「貪淫好色」的訓戒便告結束，而馮夢龍卻又加上一大段喬俊冤魂找王青索命的情節，令人感到恐怖，且宣揚果報，實乃蛇足。

然而，還是那句老話，瑕不掩瑜。當我們讀完舊話本後再讀「三言」中的相應篇章，便不難發現，馮夢龍在話本小說向著擬話本小說轉化進程中所起到的作用是無人可以取代的。他以對通俗文學的極度熱情，在作品的審美趣味、寫作技巧乃至遣詞造句等各方面，都大大推動了由訴諸聽覺的「說

話」到訴諸視覺的「話本」這一通俗文學樣式的更加書面化，同時，也為明末清初一大批「擬話本」作家開拓出一片新的藝術園地。

（原載《湖北師範學院學報》1997 年第一期）

《警世通言》中的一齣「無聲戲」
——《玉堂春落難逢夫》的戲曲因素

　　眾所周知，李漁曾把自己的第一部小說集命名為《無聲戲》。在他的另一部小說集《十二樓》中的《拂雲樓》第四回結末，作者又一次提醒讀者：「各洗尊眸・看演這齣『無聲戲』。」在李漁看來，小說乃無聲之戲曲，小說與戲曲的藝術特點有許多相通之處。在小說創作過程中，完全可以借鑒戲曲寫作的一些技法。李漁自己正是這樣做的。早於李漁的馮夢龍所編纂的《警世通言》卷二十四《玉堂春落難逢夫》也有十分明顯的戲曲因素。一般認為《玉堂春落難逢夫》一篇直接取材於《情史》「玉堂春」條，但事實恐非完全如此。

　　在《情史》「玉堂春」條的故事敘述完之後，有一段介乎評價與注釋二者之間的話：「生非妓，終將落魄天涯；妓非生，終將含冤地獄。彼此相成，卒為夫婦。好事者撰為《金釧記》。生為王瑚。妓為陳林春，商為周鐙，姦夫莫有良。」實際上，名為《金釧記》的傳奇戲在明末至少有兩本，其一見上述；另一為祁彪佳的《遠山堂曲品》著錄：「《金釧》，金時之狎劉小桃。似《玉鐲》所載王順卿事。守律之詞，粗見矗矗，但不堪縱觀耳。」由上可知，這兩部名為《金釧記》的傳奇戲。一部以王瑚、陳林春為男女主角，另一部的男女主人公則是金時、劉小桃，二者都不是直接演出王順（舜）卿、玉堂春的故事，只不過彼此故事情節相似而已。真正演述王舜卿、玉堂春故事的，則是祁氏所提及的《玉鐲記》。《玉鐲記》一劇，呂天成《曲品》、祁彪佳《遠山堂曲品》以及《傳奇品》、《曲考》、《曲海目》、《曲錄》、《今樂考證》諸書並見著錄。其

作者為明代李玉田（或作朱玉田），福建汀州人。呂天成《曲品》謂：「朱玉田，所著傳奇一本。《玉鐲》。此記王順卿麗情重會事。閩人能南詞，亦空谷之音也。」祁彪佳對該劇評價云：「不謂鄭元和之後，復有王三舍；而此妓之才智，較勝李娃；即所遇苦境，亦遠過之；惜傳之未盡耳。」此外，《遠山堂曲品》尚著錄有無名氏《完貞記》，謂：「記王順卿全仿原傳。說白極肖口吻，亦是詞場所難。較《玉鐲》稍勝之。」再往後，在京劇及諸地方劇種中更有《關王廟》、《女起解》、《三堂會審》、《趕腳程》等劇目，均演王順卿（景隆）及玉堂春故事。（參見陶君起《京劇劇目初探》）

根據以上簡單的梳理，可知玉堂春的故事在《情史》所載的同時和以後，不斷被改編為劇本，在戲劇舞臺上盛演不衰。值得注意的是，在這一演變過程中，屬於明代的傳奇劇本至少有《玉鐲記》、《完貞記》兩種，另有兩種《金釧記》演相近的故事，只不過改動了男女主人公姓名而已。《警世通言》出版於天啟四年（1624），而呂天成《曲品》據其自序作於萬曆三十八年（1610），呂天成的卒年約在1613～1624之間。（參見《中國古典戲曲論著集成·曲品提要》）既然呂天成《曲品》中已著錄《玉鐲記》，並對其作者朱（李）玉田有所評價，則朱（李）氏所作之《玉鐲記》當產生於《警世通言》之前。準乎此，我們則可以懷疑《玉堂春落難逢夫》一篇並非直接改寫於《情史》之「玉堂春」條，而極有可能是移植於朱（李）玉田之《玉鐲記》或「好事者」之《金釧記》等戲曲作品；甚至可以進而言之，《玉堂春落難逢夫》一篇的寫作是借鑒了戲曲寫作技法的。這個推測完全可以從《玉堂春落難逢夫》中得到內證。

首先，情節結構，雙線並舉，交叉進行，與明代傳奇戲常用的結構方式十分相像

《玉堂春落難逢夫》是一篇描寫士人與妓女愛情生活的作品，在關目安排上用的是「分合式整體結構」。開篇一大段，敘王景隆與玉堂春相會的過程，謂之「合」。中間一大段，雙線並舉，交叉進行，分敘王景隆與玉堂春故事，謂之「分」。最後一大段，敘王景隆與玉堂春公堂相遇，團圓結局，又是「合」。全篇整體上呈合——分——合的大格局。值得注意的是中間二線分敘一大段，作者是將二人故事交叉敘述的。我們不妨模仿傳奇劇中慣用的標題方法，將這一大段故事作小段落的劃分。從鴇兒施「倒房計」開始，依次是：公子受騙、玉姐相思、公子落難、玉姐贈金、公子辭院、玉姐罵街、公子歸

里、玉姐守貞、公子得中、玉姐被賣、公子鬧院、玉姐蒙冤、公子私訪、玉姐昭雪，最終大團圓。這種雙線並舉、交叉進行的寫法，在百代傳奇之祖《琵琶記》中便已成格局，爾後，在明代傳奇戲中更被廣泛採用。《玉堂春落難逢夫》乃短篇小說作品，完全可以先敘完一條線，然後再敘述另一條線，可見作者是從劇本創作中借鑒了技法，故而形成了這樣的關目安排。

第二，場面描寫，以人物對話為主，酷似劇本中的對白

如果稍稍仔細地閱讀一下《玉堂春落難逢夫》，便可發現該篇的人物語言特多，大有超過作者敘述語言之勢。尤其是該篇中多處場面描寫，竟至基本不用作者敘述語言，幾乎全從人物對話寫出，酷似劇本中的對白。聊舉數例如下：

> 眾人說：「玉姐，罵得勾了。」鴇子說：「讓你罵許多時，如今該回去了。」玉姐說：「要我回去，須立個文書執照與我。」眾人說：「文書如何寫？」玉姐說：「要寫『不合買良為娼』，及『圖財殺命』等話。」

> 王爺聽說罵道：「無恥狗畜生！自家三萬銀子都花了，卻要娼婦的東西，可不羞殺了人。」三官說：「兒不曾強要他的，是她情願與我的。」王爺說：「這也罷了，看你姐夫面上，與你一個莊子，你自去耕地布種。」

這樣的對話，基本上無須作什麼改動，就如同戲劇中的對白。更妙的是劉推官用計騙取趙昂、皮氏、王婆、小段名四犯供詞一段：

> 皮氏抬起頭來，四顧無人，便罵：「小段名！小奴才！你如何亂講？今日再亂講時，到家中活敲殺你。」小段名說：「不是夾得疼，我也不說。」王婆便叫：「皮大姐，我也受這刑杖不過，等劉爺出來，說了罷。」趙昂說：「好娘，我那些虧著你。倘捱出官司去，我百般孝順你，即把你做親母。」王婆說：「我再不聽你哄我，叫我圓成了，認人做親娘；許我兩石麥，還欠八升；許我一石米，都下了糠粃；段衣兩套，止與我一條藍布裙；許我好房子，不曾得住。你幹的事，沒天理，教我只管與你熬刑受苦。」皮氏說：「老娘，這遭出去，不敢忘你恩。捱過今日不招，便沒事了。」

這一段描寫，姦夫、淫婦、馬泊六、小丫鬟，各有各的口吻，搭配成一組精妙的對白，毋庸更改，直接可拿來進行舞臺演出。

像上述這些以人物對話為主的場面描寫的片斷，在《玉堂春落難逢夫》中比比皆是，此不贅引。戲劇是綜合藝術，但以人物的語言為主，或唱或念或白，是一種代言體的敘事方式。小說則是語言的藝術，它主要包括敘述者的語言和作品中的人物語言。一篇小說，如果將大量的筆墨用於人物語言（尤其是對話），它的「代言」的意味便大大增強，就與戲劇非常接近了。以人物對話作為重要手段來展開場面描寫、推動情節發展，在小說中並不常見，而在《玉堂春落難逢夫》一篇中卻屢屢用之，可見它深受戲曲的影響。

第三，人物言行，太多唱念科諢的痕跡，使人自然聯想到舞臺演出

戲曲創作以唱詞為主，是明清時期戲曲作家的共識，而在小說創作過程中，根本不存在為書中人物撰寫「唱詞」的問題。然而，《玉堂春落難逢夫》卻給我們留下了唱詞的痕跡。且看玉堂春罵街一段：

> 玉姐罵道：「你這亡八是喂不飽的狗，鴇子是填不滿的坑。不肯思量做生理，只是排局騙別人。奉承盡是天羅網，說話皆是陷人坑。只圖你家長興旺，那管他人貧不貧。八百好錢買了我，與你掙了多少銀。我父叫做周彥亨，大同城里有名人。買良為賤該甚罪？興販人口問充軍。哄誘良家子弟猶自可，圖財殺命罪非輕！你一家萬分無天理，我且說你兩三分。」

玉堂春罵街，卻罵得如此有條理，且兩句一韻，一韻到底。如此「罵街」，不像戲曲中的唱詞，又像什麼？

念白，亦是戲曲創作中的一個重要方面，尤其是牽涉到官府斷案的劇本，在結末時則常常由某一官員以念白（多半押韻）的方式來判刑定罪。不料在《玉堂春落難逢夫》中，也出現了這種形式。當劉推官審清案情後，提筆判曰：

> 皮氏凌遲處死，趙昂斬罪非輕。王婆贖藥是通情，杖責毆名示警。王縣貪酷罷職，追贓不恕衙門。蘇淮買良為賤合充軍，一秤金三月立枷罪定。

如此判決，若搬到戲劇舞臺上去演出，由劉推官一邊揮筆疾書，一邊念念有詞，我想是不用改一個字的。

科，是元雜劇舞臺演出本的動作提示或效果說明，在明清傳奇戲中稱之為「介」。就戲劇創作而言，這些部分一般比較簡略，而在小說創作中，這些地方恰是作者盡力發揮處，即所謂人物動作描寫、環境氣氛描寫。然而，在

《玉堂春落難逢夫》的許多地方，對人物動作的描寫卻極其簡明，甚至有對人物動作重複性的描寫，如同戲劇舞臺上的「科」或者「介」。如王景隆進京後向故人王銀匠打聽玉堂春的消息，王銀匠明知玉堂春已被鴇兒騙賣，但不敢直接告訴王景隆。於是，一個急切相問，一個借喝酒拖延。在這段描寫中，王景隆一迭聲地問「玉姐」的情況，而王銀匠則一再轉移話題只談喝酒：「且吃三杯接風」、「三叔開懷，再飲三杯」、「三叔久別，多飲幾杯」、「三叔且莫問此事，再吃三杯」。在這種情況下，王景隆無可奈何，便只好一連吃了幾個「三杯」。這樣的描寫，如稍作改動，寫作「王景隆問介」、「王銀匠勸酒介」、「王景隆飲介」，便成為傳奇劇本；如寫作「王銀匠勸酒科」、「王景隆飲酒科」、「三科了」，便成為雜劇劇本了。此等地方，亦可見《玉堂春落難逢夫》從戲劇舞臺上借鑒技法的痕跡。

插科打諢，亦是戲劇舞臺上經常出現的場面。在《玉堂春落難逢夫》中，亦有插科打諢的描寫。如書中寫王銀匠與金哥兩個次要人物跑到午門外看榜。王銀匠說：「金哥，好了！三叔已中在第四名。」金哥道：「你看看的確，怕你識不得字。」王銀匠說：「你說話好欺人，我讀書讀到《孟子》，難道這三個字也認不得？隨你叫誰看。」於是二人大喜，齊往玉堂春處報信。這一段與主要情節無關的小插曲，較之戲劇創作中的插科打諢別無二致。

第四，分出標題：「這一齣父子相會」，該篇有戲曲化痕跡的硬證

《玉堂春落難逢夫》中寫了一大段王景隆歸南京，與父親相見，王父大怒，全家人七嘴八舌為王景隆開脫，最終全家歡飲而散的故事。在這段故事敘完之後，作者忽然寫道：「這一齣父子相會。分明是：月被雲遮重露彩，花遭霜打又逢春。」眾所周知，「齣」，是戲劇創作中的專用名詞，元雜劇叫做「折」，明清傳奇戲叫做「齣」，相當於現代戲劇舞臺上的一幕。尤其是明清傳奇戲，每一「齣」一般都有兩個字或四個字的標題。《玉堂春落難逢夫》是小說作品，本來沒有分「齣」的道理。而「這一齣父子相會」云云，不是從劇本中學來，又是如何？

通過以上簡略的舉例分析，我們已經可以看出在《玉堂春落難逢夫》一篇中具有十分濃厚的戲劇創作的因子。因此，完全可以使人認識到它是從戲劇劇本中移植過來的；再兼之本文開頭部分，筆者已經通過有關資料的辨析，證明了在《玉堂春落難逢夫》編入《警世通言》之前，關於玉堂春與王景隆的故事早已被編為傳奇戲而流行；還有，《警世通言》的編纂者馮夢龍乃是一位

了不起的通俗文學大家，對戲劇、小說這兩大通俗文學樣式的寫作、潤飾、改寫、編纂他尤為在行、用力多多。將上述幾方面的情況加以綜合分析，我們完全有理由認定由馮夢龍最終寫定的《玉堂春落難逢夫》這一短篇白話小說，是馮氏將戲劇、小說的表現技法融於一爐而給我們留下的一篇精品，堪稱是《警世通言》中的一齣具有獨特品格的「無聲戲」。

（原載《明清小說研究》1996 年第四期）

論「三言」的歷史地位和作用

　　從宋元小說話本到清代擬話本，這種特定的短篇白話小說樣式綿延發展了數百年，而馮夢龍於明代天啟年間編撰的「三言」則在其中起到了關鍵性的作用。對於宋元舊篇和明代前期的小說話本而言，「三言」是一個精彩的集結；對於從晚明到清末的擬話本創作而言，「三言」又是一個光輝的起點。

　　那麼，「三言」是如何起到這種承前啟後、繼往開來的重大作用的呢？大體上可概括為三點：融合、超越、示範。對此，筆者曾在《論馮夢龍對舊話本小說的改造》（載《湖北師範學院學報》1997年第一期）一文中已有初步涉及。這裡，再以「三言」中某些篇什為例，進一步論述這一問題。

一、融合

　　這裡所謂「融合」，有幾層含義。

第一，融宋元舊篇、明人話本與擬話本作品為一體

　　據考，「三言」中可確定為宋元舊篇的有《趙伯昇茶肆遇仁宗》、《史弘肇龍虎君臣會》、《陳從善梅嶺失渾家》、《楊思溫燕山逢故人》、《張古老種瓜娶文女》、《簡帖僧巧騙皇甫妻》、《宋四公大鬧禁魂張》、《任孝子烈性為神》、《拗相公飲恨半山堂》、《陳可常端陽仙化》、《崔待詔生死冤家》、《錢舍人題詩燕子樓》、《三現身包龍圖斷冤》、《一窟鬼癩道人除怪》、《小夫人金錢贈年少》、《崔衙內白鷂招妖》、《計押番金鰻產禍》、《金明池吳清逢愛愛》、《皂角林大王假形》、《萬秀娘仇報山亭兒》、《福祿壽三星度世》、《小水灣天狐詒書》、《勘皮靴單證二郎神》、《鬧樊樓多情周勝仙》、《張孝基陳留認舅》、《鄭節使立功

神臂弓》、《十五貫戲言成巧禍》二十七篇，屬宋元舊篇或明人作品之間尚存爭議的有《新橋市韓五賣春情》、《張舜美燈宵得麗女》、《李公子救蛇獲稱心》、《汪信之一死救全家》、《范鰍兒雙鏡重圓》、《樂小舍拼生覓偶》、《白娘子永鎮雷峰塔》、《宿香亭張浩遇鶯鶯》、《喬彥傑一妾破家》、《蔣淑真刎頸鴛鴦會》、《金海陵縱慾亡身》十一篇，「三言」以前的明人作品有《閒雲庵阮三償冤債》、《羊角哀捨命全交》、《范巨卿雞黍死生交》、《晏平仲二桃殺三士》、《沈小官一鳥害七命》、《月明和尚度柳翠》、《旌陽宮鐵樹鎮妖》、《陸五漢硬留合色鞋》八篇，還有馮夢龍據宋元舊篇改造較大的《眾名姬春風弔柳七》、《明悟禪師趕五戒》二篇，再算上「三桂堂」本《警世通言》卷二十四的《卓文君慧眼識相如》一篇亦據宋元舊篇《風月瑞仙亭》改造，統共加起來，可以說「三言」中與宋元舊篇、明代前中期作品有干係的小說在四十九篇左右，約占「三言」總篇數的百分之四十。當然，這種統計並不是說馮夢龍與這幾十篇作品無關，因為對上述作品，馮夢龍都作過或多或少的改造。這只要將那些尚有舊話本流傳的篇章與「三言」中的相應作品作一對照便可看出。尤其是像《眾名姬春風弔柳七》、《明悟禪師趕五戒》這樣的作品，馮夢龍對它們的改造可謂脫胎換骨，將它們的著作權歸之於馮，亦屬情理中事。

「三言」中的作品，過去多認為有《老門生三世報恩》一篇為馮夢龍所寫，因馮氏給畢魏傳奇戲《三報恩》所寫的序言中說：「余向作《老門生》小說。」是為鐵證。然而，「三言」中一百二十篇作品（如果加上「三桂堂」本的《卓文君慧眼識相如》、《葉法師符石鎮妖》則為一百二十二篇）究竟哪些屬馮氏改造，哪些是他的擬話本之作，其間的具體比例是說不清楚的。第一，是因為改造的「度」的問題，各人看法不一。究竟改造到何種程度才算創作？第二，由於材料缺乏，難以一篇一篇考證清楚。但有兩種情況是值得重視的：一種情況是馮夢龍對宋、元、明的某些小說話本僅據其故事梗概而重新改寫，如上面提到的《眾名姬春風弔柳七》等二篇。再如《玉堂春落難逢夫》一篇，馮夢龍明確注曰：「與舊刻《王公子奮志記》不同。」這些作品，為什麼不能認作是馮氏的創作？另一種請況，是馮夢龍據筆記小說、野史雜言、戲曲作品改編而成的擬話本，如《蔣興哥重會珍珠衫》、《杜十娘怒沉百寶箱》二篇即分別據宋懋澄的文言小說《珠衫》、《負情儂傳》改寫。宋氏僅大馮夢龍五歲，乃同時人，且目前尚未見到這兩個故事的其他明人話本，它們為什麼不能算是馮氏的創作？上述二種情況，應當還有不少。據此，可以認

為,「三言」中的作品,除了馮夢龍改造舊作而成者,所剩便是他的擬話本創作。這樣分析,應是符合馮夢龍與「三言」之間關係的實際情況的。

無論是搜集、整理、改造宋、元、明舊篇,還是自鑄偉詞而擬作話本,馮夢龍都會付出艱辛的勞動。而且,他將一百多篇來自不同渠道的作品,經統一潤飾之後陸續編入「三言」之中並融為一體,這不僅是文學史上第一次小說話本、擬話本的大團結,而且使「三言」成為從早期小說話本到文人擬話本過渡的載體。馮夢龍氏的豐功偉績,在話本小說史上是無與倫比的。

第二,融各種題材的作品於一爐

「三言」中的作品,取材廣泛,類別眾多,而且每一類別中均有名篇佳作。

風情類作品如《杜十娘怒沉百寶箱》、《賣油郎獨佔花魁》、《眾名姬春風弔柳七》、《喬太守亂點鴛鴦譜》、《鬧樊樓多情周勝仙》等;

市井類作品如《蔣興哥重會珍珠衫》、《崔待詔生死冤家》、《宋小官團圓破氈笠》、《張廷秀逃身救父》、《一文錢小隙造奇冤》等;

宗教類作品如《月明和尚度柳翠》、《明悟禪師趕五戒》等;

信義類作品如《羊角哀捨命全交》、《吳保安棄家贖友》、《俞伯牙摔琴謝知音》、《施潤澤灘闕遇友》等;

公案類作品如《陳御史巧勘金釵鈿》、《勘皮靴單證二郎神》、《陸五漢硬留合色鞋》、《十五貫戲言成巧禍》等;

歷史類作品如《木綿庵鄭虎臣報冤》、《拗相公飲恨半山堂》等;

神異類作品如《陳從善梅嶺失渾家》、《李公子救蛇獲稱心》、《小水灣天狐詒書》、《薛錄事魚服證仙》等;

士林類作品如《窮馬周遭際賣䭔媼》)《王安石三難蘇學士》、《老門生三世報恩》、《盧太學詩酒傲王侯》等;

豪俠類作品如《史弘肇龍虎君臣會》、《楊謙之客舫遇俠僧》、《汪信之一死救全家》、《趙太祖千里送京娘》等;

倫理類作品如《金玉奴棒打薄情郎》、《任孝子烈性為神》、《桂員外途窮懺悔》、《三孝廉讓產立高名》等:

還有一些兼類的佳篇好作,在此不一一贅述。

這些作品,廣泛而深入地反映了封建時代社會各階層的生活,尤其是其中的風情、市井兩大類作品(由於篇幅所限,有不少佳作尚未列舉)更是窮

相極態，深入到了人性的底蘊，揭示了社會中某些實質性的問題。這種廣袤的視野和宏大的格局，足以表明編撰者的胸襟、氣質和度量，也足以體現出編撰者對歷史、社會、人生的深入考察和深刻體驗，並非每一位小說集的編者或擬話本的作者所能達到。

馮夢龍之所以能通過小說話本這種形式得心應手地反映社會生活，又是與他進步的小說觀密不可分的。馮夢龍在化名綠天館主人的《古今小說序》中劈頭一句便是「史統散而小說興」。後面又說：「大抵唐人選言，入於文心；宋人通俗，諧於里耳。天下之文心少而里耳多，則小說之資於選言者少，而資於通俗者多。」在署名可一居士的《醒世恒言序》中，馮氏又說：「六經國史而外，凡著述皆小說也。」甚至認為：「崇儒之代，不廢二教，亦謂導愚適俗，或有藉焉。以二教為儒之輔可也，以《明言》《通言》《恒言》為六經國史之輔不亦可乎？」正是因為馮夢龍看到了通俗小說如此巨大的社會效應，他才會廣泛取材，盡可能真實而深刻地反映社會生活。

第三，融各種文化藝術於筆下

「三言」是各種文化藝術的結晶體。三教九流、諸子百家、歷史記載、閭里珍聞、詩詞歌賦、戲曲傳奇、世風民俗、方言市語，幾乎無所不有、無所不用。當然，對「三言」影響最大的還是擬話本的同宗兄弟──章回小說。

在「三言」中，如《三國演義》、《水滸傳》、《西遊記》這樣一些作品的影響卓然可見。例如《宋四公大鬧禁魂張》中描寫一漢子「渾身赤膊，一身錦片也似文字，下面熟白絹緄絮著」。又描寫一婦女「黑絲絲的髮兒，白瑩瑩的額兒，翠彎彎的眉兒，溜度度的眼兒，正隆隆的鼻兒，紅豔豔的腮兒，香噴噴的口兒，平坦坦的胸兒，白堆堆的奶兒，細裊裊的腰兒，弓彎彎的腳兒」。這些文字，與《水滸傳》中的某些片斷何其相似！再如《任孝子烈性為神》中寫任珪連殺五人一段，又酷似武松血濺鴛鴦樓。還有，《萬秀娘仇報山亭兒》、《趙太祖千里送京娘》中的強盜均有綽號，亦如同梁山好漢一般。《李汧公窮邸遇俠客》中的俠客殺貝氏一段，又與石秀殺潘巧雲一樣殘忍、恐怖。《裴晉公義還原配》中唐璧欲投河而死，想到「堂堂一軀，終不然如此結果」，又與《水滸傳》中楊志在黃泥岡欲待跳崖自盡時的想法幾無二致。至於《小水灣天狐詒書》、《史弘肇龍虎君臣會》等作品中的許多片斷，更是充滿了《水滸》氣味。除此而外，《臨安里錢婆留發跡》之於《三國演義》、《旌陽宮鐵樹鎮妖》之於《西遊記》，都有很深的文化因緣，此不贅引。

　　章回小說之外，「三言」還向筆記小說、雜劇傳奇索取養料。《木綿庵鄭虎臣報冤》與《西湖遊覽志餘》的關係，《宿香亭張浩遇鶯鶯》與《西廂記》的關係，《楊謙之客舫遇俠僧》《李汧公窮邸遇俠客》與唐人傳奇的關係，《李秀卿義結黃貞女》《玉堂春落難逢夫》與明代傳奇戲的關係，只要一翻開作品，讀者便會有深切的感受。此外，如《蘇小妹三難新郎》所玩弄的文字遊戲，《一文錢小隙造奇冤》所展現的市井風俗，《蘇知縣羅衫再合》之取材於民間唱本，《沈小霞相會出師表》之依據於明人筆記，還有那數不清的詩、詞、歌、賦、駢文、隱語、民謠、小調，無不體現著「三言」編撰者對傳統文化藝術的兼收並蓄、融會貫通。

　　由上可見，正因為「三言」多角度、全方位地融合了歷史文化遺產，才可能造就它自身的輝煌。

二、超越

　　如果「三言」僅僅只是對歷史文化遺產的融合，那麼，它還不可能登上小說話本、擬話本的藝術巔峰。它必須在傳統文化的基礎上，實現大幅度的超越，才能體現它自身存在的價值和不可取代的歷史地位。

「三言」的超越，首先體現在思想觀念上的突破

　　男女愛情，是被各種文學樣式表現過無數次的永恆的主題，「三言」中亦有許多描寫愛情的篇什，而其中的優秀作品，恰能打破傳統觀念和寫法，給人一種全新的感覺。

　　《杜十娘怒沉百寶箱》與《賣油郎獨佔花魁》均為「三言」中寫男女愛情的名篇，兩篇作品均有各自的價值和意義，但如果將這兩篇作品放在一起加以對比探研，將引起人們更多更深的思考。杜十娘與花魁娘子莘瑤琴均為色藝俱佳的名妓，均想跳出妓院過正常的夫妻生活，均為從良作了長期的思想準備和物質準備，但在選擇「從良」的對象時，卻出現了二人之間命運的分野。杜十娘選擇了布政使公子李甲，莘瑤琴則在幾經曲折後選定了賣油郎秦重，一個是貴介公子，一個是市井細民，結果如何呢？杜十娘所遇非人，怒沉江底，終究是月缺花飛，紅顏薄命；莘瑤琴喜得佳偶，自食其力，到底能月圓花好，白首同心。透過杜十娘的悲劇結局和莘瑤琴的美滿姻緣，我們彷彿可以諦聽到市井底層的人物對著絕代佳人在唱著發自心底的情歌：「你要是嫁人不要嫁給別人，一定要嫁給我！」也似乎聽到了作者在字裏行間所發出

的吶喊：真情在民間，真情在市井細民之間！進而言之，我們從中還可以感覺到通俗小說最廣泛的讀者——市民階層那一種希望在文學苑囿中展現自身風采的強烈要求和高度自信。這正是一種時代精神，而迅速、準確地表現了這一時代精神的作者必將同他的作品一起彪炳千秋、永垂不朽。

馮夢龍的婦女觀在當時無疑是進步的，因為他也曾作為一介寒儒而有過與青樓女子的瀝血滴髓的真誠愛戀，因為他也曾編過《情史》、寫過《情偈》。他懂得什麼是「愛情」，也能夠尊重婦女，尤能尊重那些身處下賤而又勇於追求愛情的婦女。為此，他寫下了眾名姬與柳七郎那誠摯的感情，寫下了小夫人對張主管那越格的愛慕，寫下了樂小舍生生死死的追求，寫下了周勝仙做人做鬼的苦戀。傳統的婚姻觀在這裡動搖，傳統的貞節觀也在這裡崩潰。蔡瑞虹、萬秀娘均遭歹徒玷辱，且均被轉賣，按照傳統觀念，擺在她們面前的只有一條路：及早去死。但作者不！不讓她們含羞自殺，而要她們忍辱報仇。這便是一種突破。當然，我們在這裡並不是認為馮夢龍絲毫不講貞節觀念，在「三言」中也的確有一些歌頌節烈的片斷，但即使節烈而死，也要死得有價值、死得其所，而不是盲目地以身殉節、死得糊塗。況且，失節的女人便一定要讓她死麼？馮夢龍的回答是否定的，《蔣興哥重會珍珠衫》便是證明。蔣興哥在得知妻子王三巧不慎失節的消息之後，當然也很憤怒，但卻並未將所有的罪責一古腦兒推向女方，而是在痛苦之餘進行自責：「當初夫妻何等恩愛，只為我貪著蠅頭微利，撇他少年守寡，弄出這場醜來，如今悔之何及！」這一被傳統道德認為窩囊不堪的戴綠頭巾的男兒，在馮夢龍筆下，卻具有如此慈善的胸懷。當已然離異的妻子重新嫁人的時候，「興哥顧了人夫，將樓上十六個箱籠，原封不動，連匙鑰送到吳知縣船上，交割與三巧兒，當個賠嫁。」這是懦弱無能嗎？這是不知羞恥嗎？不！這是一種廣博而良善的人道情懷。而這種人道主義精神，正是馮夢龍在撰寫一些有關婦女生活篇章時的思想基礎，也正是馮夢龍用以沖越封建禮教藩籬的思想武器。

馮夢龍不僅從人道主義精神出發，對自己筆下的苦難女性表現了極度的同情，而且，還在有些篇章中高度讚揚了某些女性超乎男子的才能與勇氣。那身陷縲絏之中卻能伸父冤報仇雪恨的李玉英，是何等頑強、勇敢；那眾目睽睽之下卻能向情郎自報家門的周勝仙，又是多麼靈巧、聰明；沈小霞之所以能脫離險境，靠的是侍妾聞淑女以身作人質的大智大勇，秦少游一世英才，卻不得不為才華更高一籌的蘇小妹所折服。還是「三言」中說得好：「聰明男

子做公卿，女子聰明不出身。若許裙釵應科舉，女兒那見遜公卿。」「這都是山川秀氣，偶然不鍾於男而鍾於女。」(《蘇小妹三難新郎》)這些一百年後再由曹雪芹在《紅樓夢》中進一步發揮的觀點，早已出自「三言」之中，難道不能體現其編撰者馮夢龍在婦女問題上的超乎同儕的先進意識嗎？其實，馮夢龍的這種思想仍然是一種人道主義精神的體現，並且是一種更深層次的人道精神，那就是在一定程度上把女性放到了與男性平等的位置上。

「三言」的超越，其次體現在作品題材的開拓

在取材方面，「三言」較之舊話本也多有開拓。其中，最突出的便是對農工商賈生活的描寫。在《蔣興哥重會珍珠衫》、《施潤澤灘闕遇友》、《呂大郎還金完骨肉》等篇中均寫到商人、手工業者的家庭生活，而《徐老僕義憤成家》則進一步寫到經商過程。此外，《灌園叟晚逢仙女》寫了花農生活，《宋小官團圓破氈笠》寫了船家生活，《張廷秀逃身救父》寫了木匠生活，《崔待詔生死冤家》寫了玉工生活，如此等等，不一而足。更令人注目的是，在《張孝基陳留認舅》一篇中，作者借書中人物之口對農工商賈各行各業的辛勤勞動者予以高度的讚揚和肯定：「農工商賈雖然賤，各務營生不辭倦。從來勞苦皆習成，習成勞苦筋力健。」在「萬般皆下品，唯有讀書高」的封建時代，在士農工商秩序井然的等級社會，這樣正面描寫並大力頌歌農工商賈這些所謂的「賤業」，確乎可以看到作者那不同凡響的眼光和膽力。

比較深入地反映了士林生活、科舉問題，也是「三言」題材開拓的一個方面。《鈍秀才一朝交泰》、《老門生三世報恩》、《趙伯昇茶肆遇仁宗》、《俞仲舉題詩遇上皇》、《趙春兒重旺曹家莊》等作品，均不同程度地描寫了科舉的弊端和士人的痛苦。這對此後的一些擬話本中的同題材作品乃至《聊齋誌異》《儒林外史》等小說名著都產生了較大的影響。尤其是《張孝基陳留認舅》中所說的「世人盡道讀書好，只恐讀書讀不了。讀書個個望公卿，幾人能向金階走？」更是給科舉場中的癡迷者以當頭棒喝，甚至直到今天，對於那些一律望子成龍而迫使其讀書的癡心父母們仍稱得上是真正的「醒世」之「恒言」。

「三言」的超越，還體現在寫作技巧的突破

「三言」中的大多數作品，堪稱人物栩栩如生、情節曲折多致、語言生動流暢，與宋元舊篇相比，不可同日而語。

關於《眾名姬春風弔柳七》在人物造型方面、《明悟禪師趕五戒》在情節設置方面、以及某些篇章在行文用字方面馮夢龍對舊話本的改造，筆者在《論馮夢龍對舊話本小說的改造》一文中已經論及。下面，再看幾個例證。

在舊話本中，正面人物往往相貌堂堂，反面人物則醜陋不堪。但在「三言」之《兩縣令競義婚孤女》一篇中，卻寫那「自恃家富，不習詩書；不務生理，專一嫖賭為事」的潘華「生得粉臉朱唇，如美女一般，人都稱玉孩童」。反之，那「勤苦攻書，後來一舉成名，直做到尚書地位」的蕭雅卻「一臉麻子，眼甌齒齙，好似飛天夜叉模樣」。不以相貌取人，應該說是十分真實的表現方法，這對「惡則無往不惡，美則無一不美」的傳統寫法是一個很大的突破。

此外，如《盧太學詩酒傲王侯》中的插敘手法的運用，《李玉英獄中訟冤》中的倒敘手法的運用，都是以前的小說話本中極為罕見的。再如《玉堂春落難逢夫》、《張廷秀逃身救父》等篇對戲劇舞臺藝術的借鑒，也是以前的舊話本中所沒有的。還有，如《張舜美燈宵得麗女》等篇語言之簡潔，《唐解元一笑姻緣》等篇筆調之輕鬆，也是對以前小說話本中繁瑣的套語、板重的筆調的反撥。所有這些，都體現了「三言」對傳統寫法的超越和突破。

三、示範

「三言」的出現，給此後的擬話本小說創作提供了一個成功的範本。在有些方面，「三言」所達到的水準，甚至為後世擬話本小說所難以企及。

人物心理描寫，向來被有些人認為非中國古典小說之所長。實際上，中國古典小說中的人物心理描寫卻具有自身的特色，那就是簡潔、明快而又緊扣當事人所處的小環境。「三言」中亦不乏心理描寫的精彩片斷，如在《金令史美婢酬秀童》、《白玉娘忍苦成夫》、《施潤澤灘闕遇友》、《薛錄事魚服證仙》、《李玉英獄中訟冤》、《吳衙內鄰舟赴約》、《蔡瑞虹忍辱報仇》、《賣油郎獨佔花魁》等篇章中，都有十分成功的人物內心世界的展露。這對於以後的擬話本小說的創作，無疑起到了一種示範作用。尤其是像《小夫人金錢贈年少》中的一段心理描寫，更是情境交融、妙不可言。且看：老實巴交的張勝元夜觀燈，不知不覺走到了舊主人張員外門前，「只見張員外家門便開著，十字兩條竹竿，縛著皮革底釘住一碗泡燈，照著門上一張手榜貼在。張勝看了，唬得目睜口呆，罔知所措。張勝去這燈光之下，看這手榜上寫著道：『開封府

左軍巡院，勘到百姓張士廉，為不合。』方才讀到『不合』兩個字，兀自不知道因甚罪，則見燈籠底下一人喝聲道：『你好大膽，來這裡看甚的！』張主管吃了一驚，拽開腳步便走。那喝的人大踏步趕將來，叫道：『是甚麼人？直恁大膽！夜晚間，看這榜做甚麼？』唬得張勝便走。漸次間行到巷口，待要轉彎歸去，相次二更，見一輪明月正照著當空」。十五夜的明月早已升起來，而處於緊張狀態的張勝在巷子裏逃跑時，並未曾注意，直到行至巷口，驚魂甫定，他才「見一輪明月正照著當空」。緊張——輕鬆——茫然，便是此時此地張勝心理變化的三部曲。這種微妙而複雜的心理，只有天上的明月作證，作者何以寫得出？因為人人都可能有過這種生活體驗。有這種生活體驗不足奇，而將這種難以名狀的體驗訴諸文字，卻是天地間之奇文、至文。這樣一種情境交融的心理描寫之妙文，恕筆者孤陋寡聞，恐怕只有《水滸傳》第三十七回寫宋江在潯陽江被張橫打劫，幸遇李俊相救時、「宋江鑽出船頭來看時，星光明亮，那立在船頭上的大漢不是別人」，「正是混江龍李俊」這一段描寫差可媲美。此前此後，再也很難看到如此奇妙的文字。

　　擬話本小說在短短的篇幅中要想抓住讀者，必須做到情節曲折、尺水興波，且須前有伏筆、後有照應，結構奇特而又合乎情理，必要時，還須運用巧合法、誤會法，要善於設置懸念，要採用限知視角的敘事方法。所有這些，「三言」中都有上乘的表現。如《赫大卿遺恨鴛鴦條》、《陸五漢硬留合色鞋》、《金明池吳清逢愛愛》等篇，均寫得一波未平、一波又起，山裏套山、愈翻愈奇，堪稱情節曲折的代表作。《張孝基陳留認舅》、《施潤澤灘闕遇友》、《張廷秀逃身救父》所寫的則是典型的市井平人的生活，卻能將平凡的故事寫得委婉曲折、豐富多彩。《黃秀才徼靈玉馬墜》、《十五貫戲言成巧禍》、《蘇知縣羅衫再合》等篇中的巧合法、誤會法的運用，亦可見作者之匠心。《小水灣天狐詒書》、《杜子春三入長安》中的懸念設置，亦讓人擊節稱奇。至於《劉小官雌雄兄弟》、《桂員外途窮懺悔》、《三現身包龍圖斷冤》、《勘皮靴單證二郎神》等篇，則採用了限知視角的敘事方法，人讀之，如剝繭抽絲、撥雲去霧，層層迷團解去之後不禁豁然開朗，從而獲得一種審美快感。《宋小官團圓破氈笠》、《吳衙內鄰舟赴約》等篇中的伏筆與照應的運用，也極大地推動了情節的發展。所有這些，都可看出「三言」的編撰者在改寫或創作小說時是怎樣地苦心經營、布局謀篇，是何等地重視小說的情節結構。而所有這些，又是多麼值得後世擬話本的作者們學習和效法。

　　「三言」給後世擬話本小說的示範作用幾乎是全方位的，除以上所述而外，尚有精彩的人物對話。如《崔待詔生死冤家》中崔寧與璩秀秀的一段對話，《白娘子永鎮雷峰塔》中白娘子與許宣的一段對話，《俞仲舉題詩遇上皇》之頭回中卓文君與司馬相如的一段對話，《汪信之一死救全家》中洪教頭與細姨的一段對話，《陸五漢硬留合色鞋》中陸婆與壽兒的一段對話，這些描寫，既符合當事人的身份、教養，又符合當時的特殊情境，堪稱高度個性化的人物語言。此外，尚有《灌園叟晚逢仙女》、《俞伯牙捧琴謝知音》等篇中的景物描寫，《錢秀才錯占鳳凰儔》、《喬太守亂點鴛鴦譜》等篇中的喜劇意味，《簡帖僧巧騙皇甫妻》等篇中的人物肖像描寫，《白娘子永鎮雷峰塔》等篇中的人物服飾描寫，《老門生三世報恩》中的諷刺筆法，《薛錄事魚服證仙》中的童話色彩，無不垂範後世。最妙者，乃在於作者極善忙中偷閒，在緊張的矛盾衝突時宕開一筆，抓住人物瞬間的心理情緒，寥寥數語，突出人物的動作、神態。如《任孝子烈性為神》中，當任珪做好了復仇殺人的一切準備後，向主人家張員外告別，面對著張員外絮絮叨叨的好言相勸，任既不願接受，又懶得辯解，好歹「低了頭，只不言語」。再如《拗相公飲恨半山堂》中，寫王安石罷相歸家，途中住店，面對著不認識他的店家對自己的百般辱罵，他無心分辯，也無法分辯，在這裡，作者只寫了「荊公垂下眼皮」六個字。再如《陸五漢硬留合色鞋》一篇中，當一殺人案件哄動了半個杭州城時，兇手「陸五漢已曉得殺錯了，心中懊悔不及，失張失智，顛倒在家中尋鬧。陸婆向來也曉得兒子些來蹤去跡，今番殺人一事，定有干涉，只是不敢問他，卻也懷著鬼胎，不敢出門」。上面這些片斷中，書中人物是不宜開口說話的。試想，一個準備去殺人的烈性漢子怎樣向善良的長者公布自己的行動計劃？一個下臺的宰相怎樣向市井酒家解釋自己的政治行為？一個殺人兇手怎樣向母親表白自己殺錯了對象？而一個客觀上造成殺人條件的母親又怎樣追問兒子是否殺人？不能講！無法講！既然書中人物無法開口，作者最好不讓他講話，這才是符合生活邏輯的寫法，這樣的作者才算真正領會到生活的錯綜複雜、豐富多彩。在這方面最為突出的，還是《蔣興哥重會珍珠衫》中的一個片斷。當蔣興哥得知妻子王三巧與人有姦情之後，從外地匆匆趕回家中，這時，他做了些什麼呢？書中寫道：「進得自家門裏，少不得忍住了氣，勉強相見。興哥並無言語，三巧兒自己心虛，覺得滿臉慚愧，不敢殷勤上前扳話。」蔣興哥明知妻子不貞，既痛恨，又有幾分舊情存在，既不能忍受，又有些同情諒解。失節

的王三巧面對久別重逢的恩愛丈夫，既慚愧，又悔恨；既想隱瞞過失，良心又受到譴責。雙方均處於這樣一種複雜的矛盾心態之中，作者該怎樣寫？寫他們一見面就大吵大鬧嗎？不符合人物一貫的性格。寫他們一見面就甜言蜜語嗎？不符合人物當時的心境。那麼，最好的辦法便是讓他們「相對無言」，讓他們各自將憤恨、痛苦、慚愧、悔悟的眼淚流向苦澀的心田。「此處無聲勝有聲」，無言，正寫出了此時此地的此情此境。

綜上所述，「三言」，以其廣闊的胸懷最大限度地容納了以前的小說話本，吸收了傳統的文化藝術。「三言」，以其不凡的氣概衝破了傳統思想與寫法的藩籬，開闊了擬話本作家們的藝術視野。「三言」，以其輝煌的篇章給後世擬話本小說創作提供了學習的榜樣，從而垂範後代。融合、超越、示範，這便是「三言」在中國小說史、尤其是話本小說史上所處的地位和所起的作用，同時，這也使得「三言」與它的編撰者馮夢龍一起長存於永遠。（本文與人合作）

（原載《湖北師範學院學報》1999 年第一期）

兩難境界中的掙扎——「二拍」談片

　　世以「二言」「二拍」並稱，然世人亦多謂「二拍」不及「三言」。所不及者，依筆者所見，要在「二拍」揚「三言」之所長而不足，避「三言」之所短而不能。個中原因，主要有以下兩點。

　　其一，馮夢龍、凌濛初雖均為通俗文學的愛好者，但有程度上的差別

　　馮夢龍是我國古代最傑出的通俗文學大家，他興趣廣泛、視野開闊，在通俗文學的搜集、整理、創作方面，具有無與倫比的熱情和能力。相比較而言，凌濛初雖也是通俗文學方面的佼佼者，尤其是在擬話本小說與戲曲創作方面，他所取得的成績幾與馮夢龍比肩，但卻不像馮氏那樣對各種通俗文學樣式、乃至於通俗文化都有濃烈的興趣。

　　具體而言，凌濛初雖有《紅拂三傳》、《劉伯倫》、《禰正平》、《穴地報仇》、《顛倒姻緣》、《驀忽姻緣》、《宋公明鬧元宵》等雜劇以及《合劍記》、《雪荷記》、《喬合衫襟記》等傳奇，共十餘戲曲作品的創作，再加上「二拍」中的七十八篇擬話本小說作品，也算得上在通俗文學的寫作方面成績卓著了。但是，馮夢龍的通俗文學整理與創作的路數卻更為廣泛。馮氏除了取古今傳奇劇刪改之，共十五種，題曰《墨憨齋定本》而外，還對章回小說《三遂平妖傳》、《列國志傳》進行了很大的改造，並因此而形成了《平妖傳》、《新列國志》兩部作品。此外，他還編纂了《古今譚概》、《笑府》、《廣笑府》、《智囊補》、《情史》、《山歌》、《掛枝兒》這樣一大批通俗讀物或半通俗讀物。再加上「三言」中的一百多篇話本、擬話本小說，馮夢龍在通俗文學、通俗文化方面所取得的成果，就目前所知，可謂前無古人、後無來者，堪稱中國通俗文學史、通俗

文化史上的巨匠。

涉獵範圍的廣泛與否，導致了馮夢龍、凌濛初二人作品反映生活內容的廣泛性與思想的深刻性之間的區別。儘管在「二拍」當中，各類題材的作品都寫到了，但總令人覺得「二拍」沒有「三言」那樣一種生活的厚度、文化的厚度，更重要的，還缺少「三言」那樣一種不時出現的「冒尖」、「出格」的思想。這中間雖與作家的生活經歷、世界觀、審美觀念、藝術才能等方面的差異有關，但更為關鍵的恐怕還是一個作家本人文化積累的基礎問題。你喜歡什麼，對什麼問題總會有些研究，愛之愈深，取得的成績愈大。對於通俗文化這一塊園地，投放的精力與收人的結果是成正比的。

其二，開拓者是艱難的，然而當他一旦取得成功，倉卒之間的後繼者便難以逾越

在將市井化的小說話本演變為半市井半文人化的擬話本小說的過程中，馮夢龍可以說是蓽路藍縷、以啟山林，化費了巨大的精力，也取得了輝煌的成就。擬話本這一通俗文學樣式，在馮夢龍手上正式形成，這在中國話本小說史上應是一個劃時代的貢獻。開拓者是艱難的，然而當他一旦取得成功，倉卒之間的後繼者便難以逾越。凌濛初恰恰就是馮夢龍最早的後繼者之一。他從馮夢龍那裡接過「擬話本」這個東西，進行著自己的創作，但這種創作首先就是一種仿照，而不是像馮夢龍那樣是經過自己摸索後的創造。何況，馮夢龍與凌濛初是同時代的人，二者的創作時間相隔太近。「三言」中的最後一部《醒世恒言》刊行於 1627 年，而「二拍」的第一部《拍案驚奇》就於 1628 年面世。即便以「三言」第一部《古今小說》的刊行時間（約泰昌天啟之際，1621 年左右）計，亦不過上十年時間。在這麼短的時間內，要想大幅度地超越同一種文學樣式的締造者、成功者，實在是不可思議的事。《紅樓夢》的作者得《金瓶梅》之壺奧而青勝於藍，但兩者之間的時間距離卻是一個世紀，這中間該有多少人的嘗試與教訓，況且，《金瓶梅》也算不上是一種新的文學樣式產生的代表作。可見相隔時間太近，正是「二拍」難以超過「三言」的一個重要原因。

僅以取材這一點來看，凌濛初便處於一種十分尷尬的境況。誠如凌氏自己所言：「龍子猶氏所輯《喻世》等諸言，頗存雅道，時著良規，一破今時陋習。而宋、元舊種，亦被搜括殆盡。肆中人見其行世頗捷，意餘當別有秘本，圖出而衡之。不知一二遺者，皆其溝中之斷，蕪略不足陳已。因取古今來雜

碎事可新聽睹、佐談諧者，演而暢之，得若干卷。」(《拍案驚奇序》)這就是一種被動，倉卒之間後繼者的被動。凌濛初的被動，尚不止於「取材」這一問題。對於「擬話本」而言，他的思想基礎、文化準備、技能訓練等許多方面都比馮夢龍顯得薄弱和倉卒。而「倉卒」，與「薄弱」一樣，正是「深厚」的天敵；進而言之，「深厚」又是「冒尖」的基礎。

這樣，我們就把第一點和第二點聯繫起來了。要而言之，馮夢龍經過長時間的積累，厚積薄發，故而能順利完成從小說話本到擬話本的根本轉變，並能在深厚的基礎上萌發出冒尖的苗頭，從而出類拔萃；而凌濛初則倉卒上陣，仿照「三言」寫作擬話本小說，薄積勢不能厚發，基礎不厚，更難以冒尖，故只能繩步其後。

凌濛初所面臨的是一個兩難境地。作為馮夢龍剛剛創立的「擬話本」這種文學樣式的最早的後繼者之一，作為「肆中人」所希望的能與馮夢龍一比高下的擬話本小說的作者，他具有雙重任務：既要模仿「三言」，又要突破「三言」。「模仿」與「突破」之間本來就已構成一對矛盾：完全的模仿便無所謂突破，而太多的突破又會失去被模仿者的原樣。最好的辦法就是模仿「三言」之所長而後發揚之，同時，又明確「三言」之所短而迴避之。然而，就凌濛初本身的條件和當時的境況而言，他欲揚「三言」之所長，卻積累不夠，難以百尺竿頭更進一步；他欲避「三言」之所短，卻沒有弄清「短」在何處，難以對症下藥。凌濛初真該後悔，既已有「亮」，何又作「瑜」？「三言」在前，在極短的時間內，何苦要聽「肆中人」的鼓動，企圖「出而衡之」呢？

然而，凌濛初畢竟是擬話本王國中的「亞聖」，他與馮夢龍相比亦恰在「瑜」「亮」之間，他在兩難境界中掙扎，到底掙扎出了僅次於「三言」的成果──「二拍」。既然在整體上無法超過「三言」，那就基本上模仿之，取法乎上，不失為中；同時，又在某些方面進行一些嘗試，希望能在局部上有所突破；這或許正是凌濛初創作「二拍」時的心態。這樣，也就形成了《拍案驚奇》、《二刻拍案驚奇》這兩部緊隨「三言」之後的擬話本小說集的如下特點。

1.「二拍」中大有與「三言」爭奇鬥勝的好作佳篇

凡「三言」筆鋒之所至、筆力之所及，「二拍」作者必勉力而學習之。儘管從整體上講，「二拍」略遜「三言」，但在「二拍」中也確實出現了一大批堪與「三言」爭奇鬥勝的好作佳篇。

　　以生動的故事反映若干社會問題，是「三言」的一大優長，「二拍」中亦不乏此種好作品。如《顧阿秀喜捨檀那物，崔俊臣巧會芙蓉屏》之寫社會混亂、《惡船家計賺假屍銀，狠僕人誤投真命狀》之寫世風險惡、《占家財狠婿妒侄，延親脈孝女藏兒》之寫遺產糾紛、《進香客莽看金剛經，出獄僧巧完法會分》之寫官府殘暴、《沈將仕三千買笑錢，王朝議一夜迷魂陣》之寫市井騙局、《滿少卿饑附飽颺，焦文姬生仇死報》之寫男子負心，均從不同的角度反映了一些社會問題，而且大多符合生活的本來面目。這些作品，既能幫助讀者瞭解當時的社會狀況而具有認識價值，又能引起讀者的閱讀興趣而具有審美價值，堪與「三言」中的某些作品一比高下。還有一些描寫男女愛情的作品，如《李將軍錯認舅，劉氏女詭從夫》、《趙司戶千里遺音，蘇小娟一詩正果》、《錯調情賈母罵女，誤告狀孫郎得妻》、《宣徽院仕女秋韆會，清安寺夫婦笑啼緣》、《通閨闥堅心燈火，鬧囹圄捷報旗鈴》、《瘞遺骸王玉英配夫，償聘金韓秀才贖子》、《贈芝麻識破假形，擷草藥巧諧真偶》等等，或寫夫妻間情篤意深、至死不渝，或寫小兒女天真爛漫而又混雜本能欲望的愛悅，或寫人鬼之戀，或寫狐女之情，均十分感人，亦與「三言」中的愛情描寫各有千秋。「二拍」中亦不乏表彰女性才能與勇氣的篇章，如《小道人一著饒天下，女棋重兩局注終身》中的女棋童妙觀、《同窗友認假作真，女秀才移花接本》中的女秀才聞娥、《大姊魂遊完宿願，小姨病起續前緣》中的鬼女吳興娘、《李公佐巧解夢中言，謝小娥智擒船上盜》中的俠女謝小娥，都是不同凡響的女性。她們或身懷絕技、或識見卓絕、或做鬼亦鍾情、或傭身而殺賊，亦可與「三言」中的奇女子相提並論。

　　寫作技演方面，凌濛初在學習「三言」的基礎上也不讓馮夢龍。像《姚滴珠避羞惹羞，鄭月娥將錯就錯》、《酒謀財於郊肆惡，鬼對案楊化借屍》、《丹客半黍九還，富翁千金一笑》、《奪風情村婦捐軀，假天語幕僚斷獄》、《青樓市探人蹤，紅花場假鬼鬧》、《兩錯認莫大姐私奔，再成交楊二郎正本》、《徐茶酒乘鬧劫新人，鄭蕊珠鳴冤完舊案》這樣一些作品，均寫得一波三疊、奇峰迭起，能極大地滿足讀者的好奇心、增強作品的可讀性。此外，如《許察院感夢擒僧，王氏子因風獲盜》等篇之懸念設置、《陶家翁大雨留賓，蔣震卿片言得婦》等篇之巧合法的運用、《韓秀才乘亂聘嬌妻，吳太守憐才主姻簿》等篇的諧趣色彩、《小道人一著饒天下，女棋童兩局注終身》等篇的輕喜劇意味、《趙縣君喬送黃柑，吳宣教乾償白鏹》等篇的限知視角敘事法、《襄敏公元宵

失子，十三郎五歲朝天》中的插敘法、《韓侍郎婢作夫人，顧提控掾居郎署》中的追敘法，所有這些，均體現了凌濛初高度的寫作技巧。由此可見，凌濛初的才氣或許並不亞於馮夢龍，而所缺乏者，則在於他對世俗生活的觀察和通俗文化的積累與馮氏相比尚有差距。這樣，就導致了「二拍」在整體上不及「三言」的兩個主要方面。其一，對人物內心世界的揭示稍遜一籌；其二，對通俗文化的融會貫通略差一等。從而，也就形成了「二拍」揚「三言」之所長而不足的局面。當然，這裡所講的「不足」，乃是「不夠充分」的意思，並非是說「二拍」未揚「三言」之所長，因為無論如何，凌濛初畢竟寫出了不少足以與「三言」爭奇鬥勝的好作品。

2. 對「三言」之所短，「二拍」亦有過之而無不及

「三言」之所短是什麼？要而言之有三點：一議論、二果報、三色情。而造成這些短處的原因，大致由於作者所具有的文學之教化功能、勸誡功能的觀念在起作用，又由於作者迎合小市民的庸俗一面的文學作品商品化的觀念在起作用。當然，這也不能全部歸罪於作者，因為擬話本所「擬」之話本，原本就帶有十分濃厚的商品意味和教化、勸誡功能。問題在於，馮夢龍在「三言」中所留下的缺陷，凌濛初並沒有認為這是缺陷，反而當作正常的東西。故而，他在創作「二拍」時，對這幾大缺陷不僅沒有迴避之、摒棄之，反而有所擴大。

「三言」的某些篇章，已有議論的意味，幸而尚未形成規模，而「二拍」則逐漸聲勢浩大起來。如《轉運漢遇巧洞庭紅，波斯胡指破鼉龍殼》開篇就是議論，中間又不斷發表作者的高見，已有沖斷讀者審美趣味之嫌，所幸尚未完全脫離故事情節，還不算嚴重。到了《程元玉店肆代償錢，十一娘雲崗縱譚俠》一篇中，作者乾脆停下故事情節，讓女主人公十一娘來了一篇長長的「劍俠論」。有些作品，故事本來很不錯，可惜讀完之後才發現那故事原來竟是作者闡述某種觀點的論據材料。如《趙五虎合計挑家釁，莫大郎立地散神奸》一篇，立意是「勸人休要爭訟」，接著便是一番議論，再接著便以一個故事來論證之。再如《硬勘案大儒爭閒氣，甘受刑俠女著芳名》一篇，立意是為人行事「不可有成心」（即今之所謂「成見」是也），哪怕是「聖賢」也是如此，接著一番議論，接著又以大儒朱熹的兩個因有「成心」而判錯案件的故事印證之。這種議論化的傾向，「二拍」之後愈演愈烈，終於成為擬話本消亡的重要原因之一。

　　至於因果報應，「三言」中本已不少，「二拍」則更多。更為可惜的是，有些本來很精彩的故事，硬被作者加上因果報應的框框，頓時便降低了它的價值。如《東廊僧怠招魔，黑衣盜奸生殺》一篇，本是一個很好的公案故事。東廊僧偶然下山，夜間目睹一男女相約私奔之隱秘事，倉惶避禍，後來，他失足掉入一廢井之中，而井中卻有一具屍首，正是昨夜私奔之女子。這樣，東廊僧被冤為兇犯，陷入一場迷案之中，最終，當然是案情大白，東廊僧被釋放，仍然當他的「東廊僧」。如果僅寫這樣一個故事，此篇堪稱擬話本中公案類的佳作，因為破案過程並無神明託夢一類的描寫。但是，作者寫到最後，居然來了這麼一段解說詞：東廊僧「回到房中，自思無故受此驚恐、受此苦楚，必是自家有甚修不到處。向佛前懺悔已過，必祈見個鏡頭。蒲團上靜坐了三晝夜，坐到那心空性寂之處，恍然大悟。元來馬家女子，是他前生的妾，為因一時無端疑忌，將他拷打鎖禁，有這段冤愆。今世做了僧人，戒行清苦，本可消釋了。只因那晚聽得哭泣之聲，心中淒慘，動了念頭，所以魔障就到，現出許多惡境界，逼他走到冤家窩裏去，償了這些拷打鎖禁之債，方才得放」。如果按照作者這一番畫蛇添足的解說詞來讀那原本曲折生動的公案故事，作為一名普通讀者亦會感到索然無味，更不用說什麼審美分析了。諸如此類的作品，還有《庵內看惡鬼善神，井中譚前因後果》、《程朝奉單遇無頭婦，王通判雙雪不明冤》、《賈廉訪贗行府牒，商功父陰攝江巡》等。尤其是《感神媒張德容遇虎，湊吉日裴越客乘龍》一篇，寫的是「虎為媒」的故事，此種故事，在「三言」中亦有一篇，即《大樹坡義虎送親》。按常理，虎既幫人，人亦當曾有恩於虎，「三言」中正是這樣寫的，因主人公勤自勵曾救一虎，故有義虎送親的結局。這當然也算因果，但這應該說是一種有意味的因果關係，不僅有神話意味，而且有童話意味，是將老虎人格化的結果。況且，虎受人之德而終於報人之恩的故事，在古今中外的許多文學作品中都寫過，基本上都是這種寫法，它實際上已成為一個傳統的母題。「二拍」則不然，而是將這種有意味的義虎報恩的故事寫成純粹的天緣，是冥冥中主宰之所為，老虎僅僅作為一種高速運輸工具，馱著新娘趕湊吉日良時，用以體現上天善善惡惡的意旨，而此虎事前與新郎、新娘均無任何關係。這樣一來，便成為一種毫無意味的因果報應了。

　　「二拍」中的議論化傾向和因果描寫日趨濃重，與其作者凌濛初對擬話本創作的認識密不可分。他在《拍案驚奇序》中曾說：「宋元時，有小說家一

種，多採閭巷新事，為宮闈承應談資。語多俚近，意存勸諷；雖非博雅之派，要亦小道可觀。」他又在《拍案驚奇凡例》中說：「是編主於勸誡，故每回之中，三致意焉。觀者自得之，不能一一標出。」在《二刻拍案驚奇》卷十二中，他說得更為清楚：「看官聽說，從來說的書，不過談些風月，述些異聞，圖個好聽；最有益的，論些世情，說些因果，等聽了的觸著心裏，把平日邪路念頭化將轉來。這個就是說書的一片道學心腸。」正是基於這種認識，凌氏在「二拍」中多有說教，多談因果，並對此後的擬話本創作多有影響。

色情描寫，在「三言」、「二拍」中都有一些，即便是某些好作佳篇亦在所難免。但是，通篇大面積寫色情的作品，「三言」中略少，大概只有《赫大卿遺恨鴛鴦絛》和《金海陵縱慾亡身》二篇；而在「二拍」中卻成倍增長，如《西山觀設篆度亡魂，開封府備棺追活命》、《奪風情村婦捐軀，假天語幕僚斷獄》、《喬兌換胡子宣淫，顯報施臥師入定》、《聞人生野戰翠浮庵，靜觀尼畫錦黃沙弄》、《甄監生浪吞秘藥，春花婢誤泄風情》、《任君用恣樂深閨，揚太尉戲宮館客》等篇均可算得上。這些明顯地為迎合某些人的庸俗趣味而寫的作品，其弊病非常明顯，用不著詳細分析，大概也與晚明的時代風氣相關，不能僅僅怪罪某一位作者。然而，此風氣一開，對往後的擬話本創作卻產生了極其惡劣的影響。像《宜春香質》、《弁而釵》、《歡喜冤家》、《一片情》這樣一些擬話本集，或專尚男風，或大寫女色，都是在這種惡劣影響下所產生的結果。

3. 轉移——「二拍」對「三言」的局部突破方式

「二拍」雖在整體上比「三言」稍遜一籌，但在某些方面，還是有所突破的。這種突破的基本方式便是「轉移」。

首先看題材方面的轉移。當然，這裡所指的並非「二拍」對「三言」所寫題材的全方位轉移，而是指的某些方面的轉移。說得更明確一點，就是對「三言」中略露端倪的題材進行重點描寫，從而給人造成一種更新題材的感覺。例如，「三言」中雖也寫到商人的生活，但主要表現的是商人的家庭生活，而很少涉及商人的行業生活。譬如說，當時商賈們的經商心理、經商過程、商業經驗等方面的內容，作者就很少寫到。嚴格說起來，「三言」中只有《徐老僕義憤成家》一篇中寫到了經商過程，而且寫得比較一般化，無非是某種物品此賤彼貴，將賤處的貨物運到貴處出售，所賺者主要是地區差價。「二拍」則不然，其中有些篇章對於商人們的經商心理、經商過程、經驗都有比較詳

細的描寫，基本上已深入到商人們的行業生活之中。如《轉運漢遇巧洞庭紅，波斯胡指破鼉龍殼》一篇中，文若虛由「倒運漢」變成「轉運漢」，一百多斤橘子竟換得上千個銀幣，每個銀幣有八錢七分重，發了大財。後來，他又拾得個鼉龍殼，被波斯胡用五萬兩銀子買去，因此成為巨富。這裡所反映的就是商人的暴發心理。所謂鼉龍者，即豬婆龍，亦即今所謂之揚子鱷是也，它不可能有價值連城的「殼」。波斯胡的精彩講述，純粹是商人們為滿足暴發心理所編織的美麗神話，他們企圖一覺醒來便成為百萬富翁。作者寫下了這一段神妙的故事，無非是迎合商賈們乃至一般讀者希圖暴發的心理。再如《疊居奇程客得助，三救厄海神顯靈》一篇，則比較細緻深入地描寫了程客的經商過程。這裡，除了商人們希望經商能得到神助的發財心理而外，更重要的是描寫了他們的「生意經」。因為那神女告訴程客的一些做法，其實就是商人們自身經商經驗的總結——囤積居奇。正如書中所言，是「人棄我堪取，奇贏自可居」。神女的一些話，不過是帶有神異色彩的市場行情預測預報而已。這也是商人們經商經驗的結晶，不能正確分析市場行情的商人，怎能做好生意？至於該篇故事的後半段，神女三次顯靈，一救程客於兵變之災、二救程客於牢獄之難、三救程客於風波之險，其實正是商人們在經商過程中對天災人禍的一種恐懼感的反映。他們希望能有神靈護祐，躲過災難，安安穩穩地做生意。由上可見，凌濛初正是在馮夢龍偶爾寫到的某種題材的啟發下，更深入一層，展開細緻的描寫，從而造成一種題材方面的局部突破，收到了一新人之耳目的效果。

其次，我們來看表現方式的轉移。在這個方面，凌濛初很善於以機巧取勝。「二拍」中的某些作品也正是在「三言」已運用的表現技法上略微換一個角度，便給人一種「新」的感覺。如《李汧公窮邸遇俠客》與《劉東山誇技順城門，十八兄奇蹤村酒肆》便可作一比較。前者敘述得清清楚楚、明明白白，雖故事曲折多致，然讀者始終能把握得住，給人一種審美快感。後者卻寫得帶有神秘色彩，令人有神龍不見首尾的感覺，使人在獲得審美快感的同時，又留下無窮的韻味。再如《宋四公大鬧禁魂張》與《神偷寄興一枝梅，俠盜慣行三昧戲》亦可作比較。前者是站在旁觀者的角度，全方位地敘述故事。後者則是深入到神偷懶龍的小宇宙來寫一個遊戲三昧的俠盜，突出一點兒諧趣。堪可一比的還有《蔣興哥重會珍珠衫》與《酒下酒趙尼媼迷花，機中機賈秀才報怨》二篇。蔣興哥面對不貞的妻子，主要是採取了諒解、自責和寬容的

態度，由此給我們塑造了一位心地善良的商人形象。賈秀才面對被騙失貞的妻子，除了能設身處地地予以同情和安慰之外，還能夠指揮妻子與自己一起實施復仇計劃，作者給我們塑造了一位是非分明而又膽大心細的士人形象。再如，「三言」中有《薛錄事魚服證仙》中的人、魚兩個世界的對寫，相映成趣；「二拍」中亦有《田舍翁時時經理，牧童兒夜夜尊榮》的夢、醒兩個世界的對寫，對比鮮明。上述這些例證，我們完全沒有必要去死板地認定是「三言」寫得好還是「二拍」寫得妙。桃花有桃花之紅，李花有李花之白，各盡其美，各盡其妙，如此而已。但有一點必須說明，「二拍」在「三言」的基礎上略轉了一道彎兒或稍稍換一個角度，便形成了一種貌似突破的轉移，這便是凌濛初的乖巧之處。

附帶涉及一個問題，無論是思想水平還是表現技巧，「三言」中的一百二十篇作品之間的距離比較大一些，而「二拍」七十八篇作品之間的距離卻相應地要小得多。因為「三言」畢竟是馮夢龍編撰的，其中有不少篇章是根據他人作品改造的，且改造的幅度也不盡相同；而「二拍」畢竟是凌濛初個人的創作，他至少無須在文字風格的統一問題上花費更多的精力，這又在客觀上造成了凌濛初的「取巧」之處。

凌濛初在兩難境界中掙扎，「二拍」便是他努力的結果。與「三言」相比，「二拍」雖在整體上有滑坡之勢，但在不少地方，也顯示出了凌濛初出奇制勝的才能。我們不應孤立地評判「二拍」的文學價值，因為前面有「三言」，後面還有許多擬話本作品。

（原載《明清小說研究》1998 年第三期）

略論李漁的擬話本創作

　　擬話本小說的創作發展到明末清初，已開始了過早的滑坡。滑坡的主要標誌有兩點：一是倫理綱常的封建說教太過濃烈，二是庸俗不堪的色情描寫日益嚴重。而且，這兩方面又全都套上了因果報應思想。這樣，就把擬話本小說逼到了一個狹窄的胡同。當李漁提起筆來進行擬話本小說的寫作時，他實際上已然置身於這一胡同之中。

　　李漁的思想趣味與這種擬話本小說的創作氛圍倒也相符，他在《慎鸞交》一劇中，就曾借劇中人物華生之口說：「畢竟要使道學、風流合而為一，方才算得個學士文人。」（第二齣《遠送》）這「道學」、「風流」的合而為一，大致勾畫了李漁其人的品格。作為一個「文化人」，倫理綱常是要的，道學思想是要的，那多半是說給別人傾耳而聽的；作為一個「文化人」，風流韻事也是有的，好色之心也是有的，那大體是留給自家體味享受的。「道學」與「風流」、「天理」與「人慾」，就這樣巧妙而又笨拙地結合到一起了。

　　然而，李漁畢竟是明清擬話本作家群中絕頂聰明的第一人。他不會迂得像《石點頭》、《型世言》的作者們那樣，將小說寫成倫理道德的教科書；他也不會蠢得像《一片情》、《宜春香質》的作者們那樣，將小說當成濃欲豔情的宣傳品。在李笠翁的擬話本作品中，也有說教，也有倫理綱常的宣傳，但並不執板，有時甚至侃得娓娓動人、趣味橫生，而且多半要依託於一個曲折動人的故事。在他的擬話本作品中也涉及淫慾、色情描寫，但並不十分露骨，而是塗飾了一層調侃、打趣的色彩，形成一種「桃色幽默」。（借用一個理論家們的術語「黑色幽默」而篡改之）將這兩點有機地結合在一起，我們便可大略領會到李漁擬話本創作的基本特色：喜劇意味，而且多半是輕喜劇。李

漁是中國通俗文學史上最傑出的喜劇作家之一，他的「有聲戲」——《笠翁十種曲》是喜劇，他的「無聲戲」——《連城璧》、《十二樓》同樣是喜劇色彩十分濃厚的作品。

「一夫不笑是吾憂」（《風箏誤》第三十齣），這是李漁的創作宗旨、創作精神，也是他孜孜以求的創作目的。然而，當時的擬話本創作幾乎已走上絕路，李漁要前行，要從這一架十分危險的鋼絲繩上通過，必須練幾手絕活。以李漁的文化素質和聰明勁，他真的練成了。擬話本的艱難處境逼迫李漁練出了絕活，而所昕練出的絕活反過來又給擬話本創作開闢了一條新的路徑，儘管是不甚寬闊的路徑。那麼，李漁究竟有些什麼樣的絕活呢？

一、強烈的反差所造成的諧趣意味

李漁最善於將事物推向極端、然後以兩端之極點進行對比描寫，通過強烈的反差來造成一種諧趣意味。

如《生我樓》中的姚繼，在亂兵用麻袋將婦女裝得嚴嚴實實「打包」發售時，本想買一個年輕而又「生得齊整」的女子做老婆，卻不料買得一包打開一看，竟是一個五六十歲的老婦，最後只好認作母親。這裡，雖有如人所論是反映了亂兵造成社會災難的意思；但就李漁本意而論，恐怕更是為了追求一種諧趣效果。謂予不信，請看在這裡李笠翁先生兩段調侃得有些油滑的筆墨：「那些亂兵拿來稱準數目，喝定價錢，就架起天平來兌銀子。還喜斤兩不多，價錢也容易出手。姚繼兌足之後，等不得抬到舟中，就在賣主面前要見個明白。及至解開袋結，還不曾張口，就有一陣雪白的光彩透出在叉口之外。姚繼思量道：『面白如此，則其少艾可知，這幾兩銀子被我用著了。』連忙揭開叉口，把那婦人仔細一看，就不覺高興大掃，連聲叫起屈來。原來那雪白的光彩不是面容，倒是頭髮！此女霜鬢皤然，面上縠紋森起，是個五十向外六十向內的老婦。亂兵見他叫屈，就高聲呵叱起來。」

「姚繼無可奈何，只得抱出婦人離了布袋，領他同走到舟中，又把渾身上下仔細一看，只見他年紀雖老，相貌盡有可觀，不是個低微下賤之輩，不覺把一團慾火變作滿肚的慈心，不但不懊悔，倒有些得意起來，說：『我前日去十兩銀子買著一個父親，得了許多好處；今日又去幾兩銀子買著這件寶貨，焉知不在此人身上又有些好處出來？況且既已恤孤，自當憐寡，我們這兩男一女都是無告的窮民，索性把鰥寡孤獨之人合來聚在一處，有甚麼不

好？況且我此番去見父親，正沒有一件出手貨，何不就將此婦當了人事送他、充做一房老妾，也未嘗不可。雖有母親在堂，料想高年之人無醋可吃，再添幾個也無妨。』」

這樣，一場亂兵掠賣婦女的悲劇，就被李笠翁「化解」成為一場滑稽的鬧劇。而造成這種喜劇效果的手段，正是強烈的反差：雪白面容的少艾——霜鬢皤然的老婦，買一美妻的慾火——憐寡恤孤的慈心，兒子的嬌妻——父親的老妾，正是這些處於事物的兩極的強烈對比，使這段令人怵目驚心的故事變成了諧趣可笑的談資。這正是李漁常用的手法。

諸如此類的例子在李漁的擬話本作品中還有不少。例如，在《妒妻守有夫之寡，懦夫還不死之魂》一篇中，作者寫「上百個男子，一齊擁上門來」，去對付一個妒婦，雖然是虛張聲勢，卻也形成了一種十分滑稽的場面。再如《說鬼話計賺生人，顯神通智恢舊業》一篇，寫一讀死書的秀才顧有成，「除了讀書之外，竟像個未雕未斫的孩子」，完全沒有生活經驗，外號叫做「顧混沌」。不料這樣一個呆秀才卻娶了一位聰明絕頂、諳於世故的妻子雲娘，「竟把妻子當做神仙，恨不得頂在頭上，莫說言語之間不敢侮慢，就是雲雨綢繆之際，想到此處，也忽然驚竦起來，惟恐褻瀆了神仙，後來必有罪過」。這種滑稽可笑的局面，也是由作者對兩個人物之間的極端化對比描寫所造成的。此外，如《美婦同遭花燭冤，村郎偏享溫柔福》中對一醜男子與三美婦人的描寫，《拂雲樓》中對大丈夫七郎與小丫環能紅的描寫，均是將人物某一方面的特徵推向極端化之後，再進行對比，從而收到了很好的藝術效果。

更有趣的是，作者通過這種強烈的反差，往往還能達到一種諷刺效果。如《譚楚玉戲裏傳情，劉藐姑曲終死節》是寫女戲子以色相賺錢，「只因美惡兼收，遂致賢愚共賞，不上三十歲，掙起一分絕大的家私，封贈丈夫做了個有名的員外」。無獨有偶，在《乞兒行好事，皇帝做媒人》一篇中，作者又寫一叫化子成為皇帝的「草鞋親」。在這裡，「烏龜」——「員外」，「皇親國戚」——「窮叫化子」，這些本不相干的東西被作者巧妙地聯繫在一起，亦乃通過強烈的反差而達到了一種幽默與諷刺的效果。

二、運用誇張、渲染、變形、錯位等手法所導致的諧趣意味

用誇張、渲染、變形、錯位等手法來達到一種諧趣效果，也是李漁的絕活之一。但無論是誇張渲染也罷、變形錯位也罷，李漁都講究一個「度」。他

深知「過猶不及」的道理，並不願意用漫畫式的寫法來表現自己筆下的人物和故事。一般說來，他是恰到好處的。

我們且看《妒妻守有夫之寡，懦夫還不死之魂》中描寫淳于氏罵街一段：「又取一把交椅，朝東而坐，對了費家的宅子，呼了隱公的名字，高聲大罵起來道：『你自己要做烏龜，討了一夥粉頭，在家裏接客，鄰舍人家不來笑你也勾了，你倒要勾引別人，也做起烏龜來。你勸別人娶小，想是要把自己的粉頭出脫與他，多賣幾兩銀子，又好去販稍的意思。莫說我家的男子遵守法度，不敢胡行；就是要討妾，也要尋個正氣些的，用不著那些騷貨，這個主顧落得不要招攬！』罵了一頓，又指定醋大王的名子，把他腳色手本，細細的念將出來……」作者在這裡運用了誇張手法，活畫出一個兇悍異常的妒婦形象。再如《萃雅樓》中，寫一美男子權汝修為逃避嚴世蕃的凌辱而結交沙太監，不料卻被沙太監乘機用計將其閹割。對於這兩件污穢之事，作者採用了變形手法，以軍旅之事喻之：「只因沙府無射獵之資，嚴家有攻伐之具。誰料常拼有事，止不過後隊銷亡；到如今自恃無虞，反使前軍覆沒。」這樣的表現方式，既精練又風趣，且避免了污穢筆墨。再如《譚楚玉戲裏傳情，劉藐姑曲終死節》一篇中，寫譚楚玉和劉藐姑這一對情人在戲臺上假戲真做一段，誠可謂極盡誇張渲染之能事：「這一生一旦，立在場上，竟是一對玉人。那一個男子不思，那一個婦人不想？又當不得他以做戲為樂，沒有一出不盡情極致。同是一般的舊戲，經他兩個一做，就會新鮮起來。做到風流的去處，那些偷香竊玉之狀，偎紅倚翠之情，竟像從他骨髓裏面透露出來，都是戲中所未有的一般，使人看了無不動情；做到苦楚的去處，那些怨天恨地之詞，傷心刻骨之語，竟像從他心窩裏面發洩出來，都是刻本所未載的一般，使人聽了無不墮淚。」這樣，既寫活了人物，又帶有一些兒詼諧趣味。至於《寡婦設計贅新郎，眾美齊心奪才子》則通篇運用了錯位的寫法。該篇寫一美男子呂哉生得到了妓女、寡婦等各種女性的喜愛，結果形成了一種反常的局面：「彼時各院之中名妓甚多，看見呂哉生的容貌竟是仙子一般，又且才名藉甚；那一個不愛慕他？聞得他在院中走動，有幾個聲價最高、不大留客的婦人，也為他變節起來。都豔妝盛飾，立在門前候他經過，一見了面，定要留進去盤桓一番。呂哉生眼力最高，一百個之中，沒有一兩個中意，大率寡門闖得多，實事做得少。起先是呂哉生去嫖婦女，誰想嫖到後來，竟做出一椿夕事，男子不去嫖婦人，婦人倒來嫖男子。要宿呂哉生一夜，那個妓女定費十

數兩嫖錢，還有攜來的東道在外。甚至有出了嫖錢，陪了東道，呂哉生託故推辭？不肯留宿，只鬧得一次寡門，做了個乘興而來、盡興而返的，也不知多少。」

後來，這位風流男兒又非常被動地陷入三個妓女與一個寡婦對他明爭暗鬥的漩渦之中，成為婦女們的獵物。這樣一種寫法，當然談不上有什麼高級趣味，但卻給那些看慣了男人們為了女人而爭強鬥狠、勾心鬥角的作品的讀者們換了一個全新的角度，利用陰陽錯位的手法，在幽默輕鬆的氣氛中使讀者得到一種莫名其妙的滿足。像上述這樣一些運用誇張、渲染、變形、錯位等手法而達到一種諧趣效果的篇章、片斷，在《連城璧》、《十二樓》中可謂比比皆是，不勝枚舉。

三、聯珠般的妙謔所達到的一種諧趣效果

李漁的擬話本作品，往往妙語連篇，如同大珠小珠落玉盤，使人讀過之後，不禁拍案叫絕，歎為觀止。下面，挹取其中幾個片斷，以作一臠之嘗。

「儒書云『男女授受不親』，道書云『不見可欲，使心不亂』，這兩句話極講得周密。男子與婦人親手遞一件東西，或是相見一面，他自他，我自我，有何關礙，這等防得森嚴？要曉得古聖先賢也是有情有欲的人，都曾經歷過來，知道一見了面，一沾了手，就要把無意之事認作有心，不容你自家做主，要顛倒錯亂起來。譬如婦人取一件東西遞與男子，過手的時節，或高或下，或重或輕，總是出於無意。當不得那接手的人常要畫蛇添足，輕的說他故示溫柔，重的說他有心戲謔，高的說他提心在手，何異舉案齊眉？下的說他借物丟情，不啻拋球擲果。想到此處，就不好辜其來意，也要弄些手勢答他。焉知那位婦人不肯將錯就錯？這本風流戲文，就從這件東西上做起了。」（《合影樓》第一回）

「世間懼內的男子，動不動怨天恨地，說氤氳使者配合不均，強硬的丈夫，偏把柔弱的妻子配他；像我這等溫柔軟款、沒有性氣的人，正該配個柔弱的妻子。我也不敢犯上，他也不忍凌下，做個上和下睦，婦唱夫隨，冠冠冕冕的過他一世，有甚麼不妙？他偏不肯如此，定要選個強硬的婦人來欺壓我。一日壓下一寸來，十日壓下一尺來，壓到後面，連寸夫尺夫都稱不得了，那裡還算得個丈夫？這是懼內之人，說不出的苦楚。」（《妒妻守有夫之寡，懦夫還不死之魂》）

像這樣一些妙語，在李漁的擬話本作品中俯拾皆是，但有的時候，李漁片面追求一種諧趣效果，便成為一種輕薄、油滑的口吻，墮入惡謔。如《美婦同遭花燭冤，村郎偏享溫柔福》中對殘疾人的嘲笑，《寡婦設計贅新郎，眾美齊心奪才子》中捏造的一寡婦的「尋人啟事」，《吃新醋正室蒙冤，續舊歡家堂和事》中對妒婦的懲罰，《貞女守貞來異謗，朋儕相謔致奇冤》中寫一男子驗證妻子貞潔與否一段，《嬰眾怒捨命殉龍陽，撫孤甥全身報知己》之喜南風厭女色理論，《落禍坑智完節操，借仇口巧播聲名》中的女陳平七計，《待詔喜風流趨錢贖妓，運弁持公道捨米追贓》中箆頭的待詔王四戲妓女雪娘一段，《夏宜樓》中寫眾女子洗浴一段，《拂雲樓》中寫醜女出醜一段，《十卺樓》中寫女子尿遺一段，均是無聊下作的文字。李漁堪稱是一位幽默的語言大師，聯想豐富、妙語如珠，然美則美不勝收，惡則令人作嘔。但無論如何，就李笠翁而言，他一是為了抖露才華，二是為了取悅讀者，故而創造了他自己具有獨特風格的語言——幽默、生動、富有表現力，但又帶有幾分油滑。

四、取巧弄奇而取得的一種娛樂效果

李漁比一般擬話本作家高出一籌的原因是多方面的，但其中最重要的一點便是他揣摩到了一般讀者的心理——好奇。在《奉先樓》第一回中，他說了這麼一段話：「這篇正文雖是椿陰駭事，卻有許多波瀾曲折，與尋常所說的因果不同。看官裏面盡有喜說風情厭聞果報的，不可被『陰驚』二字阻了興頭，置新奇小說而不看也。」可見他深知一般讀者喜愛風情故事，喜愛波瀾曲折的新奇小說，而厭惡那種長篇累牘的因果報應的說教。因此，他筆下的作品，大都用各種手法取巧弄奇、標新立異，以滿足讀者的這種普遍存在的審美心理。

如《譚楚玉戲裏傳情，劉藐姑曲終死節》一篇，作者為了寫出譚、劉二人在現實生活中有情無法傳達的痛苦，便讓他們在愛情題材的戲文中扮演一生一旦，在舞臺上深入角色、卿卿我我。作者又為了讓劉藐姑能充分表現自身的愛情追求，指斥破壞她純潔愛情的富翁，故讓她搬演《荊釵記》，在舞臺上借劇中人錢玉蓮演自己，借孫汝權罵富翁，假戲真做，直到真的抱石投水。讀過這樣的片斷，使人不禁為作者的奇妙構思而擊節欣賞。

李漁筆下的故事，大都編得曲折而圓滿，這正迎合了一般讀者好奇求全的心理。為了達到「奇」而「全」的效果，作者慣用的是巧合法、誤會法和懸

念的設置。如《妻妾敗綱常，梅香完節操》中的誤會法、《生我樓》中的巧合法，均用得恰到好處，並成為故事的大關鍵處。再如《貞女守貞來異謗，朋儕相謔致奇冤》、《夏宜樓》等篇，均乃通過懸念設置，令讀者先墜五里霧中，而後慢慢看下去，方恍然大悟。李漁筆下的某些故事，不盡符合生活實際，但讀起來仍然津津有味。究其原因，乃在於作者善於編造，能做到針線細密、圓通無痕而又奇峰迭起，讓讀者產生一種明知其編造，姑妄讀之的心理，從而得到一種藝術享受。如《落禍坑智完節操，借仇口巧播聲名》、《清官不受扒灰謗，義士難伸竊婦冤》、《聞過樓》等，都是這方面的代表，擬話本小說的娛樂功能，被李漁發揮得淋漓盡致。

當然，有時作者過於強調「奇」、「巧」，就會導致作品嚴重脫離現實的結果。如《遭風遇盜致奇贏，讓本還財成巨富》一篇，全憑湊巧，而且湊巧之事又全憑相面之說作綱領，又有什麼「孝順拐子」、「忠厚強盜」在起作用。就連作者自己都在最後乾脆說明：「我這一回小說，就是一本相書。」這樣的作品，完全背離現實，其結果只能是弄巧成拙、物極必反。

綜上所述，諧趣，是李漁擬話本創作的基本特色；娛樂性，是李漁從事擬話本創作的根本追求；風流道學，則是李漁擬話本小說中的自我寫照。前人常說，《三與樓》與《聞過樓》中的主人公就是李漁自己。其實，在《連城璧》、《十二樓》的每一篇中，讀者都可以讀出一個「李笠翁」來。他所特有的道學氣味、風流氣味、諧趣氣味，他的人生態度、人格表現、個性特色，都在他的擬話本小說中得到了極為充分的體現。從這個意義上講，他是明清擬話本作家群中最富創作個性的作家。也正因如此，當擬話本創作的命運已險如鋼絲繩的時候，唯有李漁才能在這鋼絲繩上擺弄絕活，贏得些許喝彩之聲，並給此後的擬話本創作開闢了一條帶有十分濃厚的「李漁氣味」的新的道路。

李漁的擬話本創作，既屬於他那個時代，更屬於他自己。

（原載《天津外國語學院學報》1998 年第二期）

偶爾露崢嶸——其他擬話本佳作

　　相對於章回小說而言，擬話本小說無疑是短命的。他們都是從話本小說的母體中分離出來的，章回小說率先在明代前中期形成氣候，而擬話本小說則晚了一個節拍，這個節拍就是一百多年。同樣，當章回小說直到今天仍有強大生命力的時候，擬話本小說則早在清中葉就命若懸絲，終於在晚清徹底作古。造成這一現象的原因當然是多方面的，但其中最重要的原因是擬話本小說前進的雙腿都被綁上了沉重的沙袋：一條腿上是濃厚的說教，另一條腿上是過分的娛樂性。這就使得擬話本的創作習慣於原地踏步，使那些作家們心安理得地咀嚼別人啃過的饅頭，不求創新，不求開拓。馮夢龍樹起一座豐碑，後繼者便難以逾越；凌濛初在馮夢龍的基礎上掙扎著前行，他的後繼者連凌濛初都難以突破；李漁算是另闢蹊徑，但他的後繼者又數著笠翁的腳印而不敢闖開去，甚至又繞一個圈子轉來，回到馮夢龍的界碑之內。於是，馮夢龍便只好永遠兼任著擬話本的第一位作家和擬話本的「天字第一號」作家的稱號。一種文學樣式，由一位作家兼任奠基石和擎天柱，實在是一件可悲的事。如果龍子猶先生死後有靈，是會被這些一蟹不如一蟹的後繼者們弄得啼笑皆非的。

　　思想觀念和表現技法的停滯不前乃至於倒退，這些大的方面我們且不去說它，僅從題材因襲（甚至是照抄）這一點看問題，我們也足以哀歎某些擬話本小說的作者們是多麼缺乏創造性。

　　一個男人裝扮成一個女人去奸騙真正的女人，就這麼一個稀奇而庸俗的情節，《歡喜冤家》中就有《香菜根喬妝奸命婦》寫之，到了《雲仙笑》中的《平子芳》又寫了一次，最終，《雨花香》中的《雙鸞記》還來了一遍。一

個姦夫因為與之通姦的女人對本夫太無情義，便憤而殺淫婦，這麼一件驚天動地的「大事」，《型世言》中的《淫婦背夫遭誅，俠士蒙恩得宥》與《歡喜冤家》中的《鐵念三激怒誅淫婦》便重複寫到。孝子尋父，遠走天涯，便有《石點頭》之《王本立天涯求父》和《型世言》之《避豪惡懦夫遠竄，感夢兆孝子逢親》共同歌頌。烈女報仇，以身殉節，便有《石點頭》中《侯官縣烈女殲仇》與《二刻醒世恒言》中《申屠氏報仇死節》先後表彰。更有甚者，一個女鬼為報恩而向一位書生預報試題、暗通關節這樣一段「可歌可泣」、「可驚可歎」的情結，竟在《石點頭》中的《感恩鬼三古傳題旨》裏面表達了一次，在《西湖二集》之《愚郡守玉殿生春》中再表達一次，到了《清夜鍾》之《陰德獲占巍科，險腸頓失高第》中又表達了一次，還要加上《鴛鴦針》第一卷頭回中基本相同的描寫，直到《飛英聲》卷之二的下篇，雖內容殘缺，但僅憑《三古字》的標題，便又知是那話兒來也。如此反覆的「預報」，這女鬼也太過纏綿、執著、不厭其煩。（幸而《清夜鍾》中搞試題預報的換成個男鬼，才不讓女鬼獨領風騷）除此而外，還有那王翠翹的故事、靈狐三束草的故事、害友奪妻的故事、義獸報恩的故事、兒媳為公公娶少妻的故事、女子私奔弄錯對象的故事、淫人之妻而己妻被人淫的故事，如此等等，不一而足。這樣一些題材重複的例子，在各擬話本集子中真是太多了，多得令人討厭。作者們有戀舊情結，而讀者卻早已失去了新鮮趣味。好比那質量低劣的食堂，天天白菜幫子炒臘肉、臘肉炒白菜幫子，越炒越老、越炒越鹹，作者們怎麼不考慮讀者能否下嚥？對於一個作家而言，「因襲」是「無能」的別稱；對於一部作品而言，「重複」是「低劣」的異名。無能的作家當然只能寫出低劣的作品，而低劣的作品太多了，整個一種文學樣式便只好原地踏步或向後轉。

幸好，並不是所有的擬話本作品都是平庸低劣的，作者們也未必老是無能。除了馮夢龍、凌濛初、李漁之外，有些作者還是寫出了一些像樣的作品，穿插於那些平庸的作品之中，猶如雞群中的鶴。這樣，才維持了擬話本小說那衰弱的生命。只不過佳作太少，只能算是偶爾露崢嶸罷了。

大體而言，除了「三言」、「二拍」以及李漁的《連城璧》、《十二樓》之外，明清擬話本集的基本情況可分為三種類型：其一，整體水平較低，思想觀念陳腐，題材因襲嚴重，表現技法平平。像這樣的一些擬話本集，我們在這裡就不作介紹了。其二，整體水平較高，同一集子中各篇作品之間的各方

面情況都比較平衡。我們在這裡先對該作品集稍作全面介紹，然後再集中分析其中一兩篇最佳作品。其三，集子中的作品出現不平衡的情況，有的篇章較好，有的篇章一般，有的甚至比較低下。對這樣的擬話本集，我們只介紹其中寫得好的篇章。

第一種情況從略。先說第二種情況，這樣的集子有四部：《天湊巧》、《鴛鴦針》、《人中畫》、《照世杯》。

一、《天湊巧》及其中之《曲雲仙》

《天湊巧》中有三篇作品，第一篇《余爾陳》寫一市井中的倫理故事。余爾陳與妓女朱小娟相好，欲娶之，以千金託其社友江公子幫忙，不料江公子將小娟占為己有。最後，余爾陳在江公子的表弟蕭集生的幫助下，討回了朱小娟。故事並不算曲折，但其中寫妓院中的生活，寫當時的世道人心，均很見筆力。尤其是蕭集生這一人物，雖出場不多，卻儼然一「文古押衙」也。第二篇《陳都憲》，寫一個平庸而昏憒的人物陳都憲發跡變泰的過程。全篇充滿牢騷不平語，諷刺色彩非常濃烈，尤其是開篇一番嘲弄文字，可謂罵盡當時科場的弊端與黑暗。以上兩篇都寫得不錯，然而，《天湊巧》中寫得最好的是第三篇《曲雲仙》。

《曲雲仙》是一首奇女子的頌歌，曲雲仙這一人物，被作者寫得既具傳奇色彩，又真實可信。她在書中的傑出表現主要有兩個大的片斷：智勇擊退強盜於前，大義折服家主於後。前一片斷凸現了曲雲仙俠女的風姿，請看：

> 到了雄縣，便有兩個不尷不尬的，攛前落後，傍著他這一干人同走。眾人倚的是人多，彼此也都放不到心上。這雲仙早已會意，他把弓遂出了袋，綰在右膊上。方忠見了，道：「嫂子，你也開得弓麼？你遞這等一枝箭，與咱瞧上一瞧。」這雲仙也只笑而不答。離了任丘十餘里地，日將沈西的時候，只聽見風響了一聲，那兩匹馬從後面撞上前去。雲仙見了，將兩隻腳把馬的前足拘了一拘，韁繩一煞，就落在後邊。見那兩個人放一枝箭，早從方公子的耳根上擦過來。方公子一聲「啊呀」，只見一閃，跌下馬來。兩個軍徒急跳下馬來扶時，那兩個響馬已到。拿著明晃晃的兩口刀，砍斷稍繩，就提哨馬。不料想這裡雲仙一箭已到，強人才提著哨馬，左臂上就中了一箭，哨馬重，一墜也落下馬來，那匹馬飛也似去了。這強人待

來救時，雲仙這裡又是一箭，也從耳根邊擦來。那強人見勢不好，
就飛馬逃生。說的時候遲，做的時候疾，雲仙早已趕來了，跳下馬，
將墜馬強人按住‧眾人解稍繩捆了。

然而，就是這麼一位武藝高強的女俠，對與人作奴僕的丈夫卻一往情深。當
主人方公子企圖霸佔她時，曲雲仙進行了堅決的反抗：「一日，雲仙在房中，
將要出去，並沒個人。公子急急的跟隨，上前一把抱住，就布過嘴去親嘴。這
雲仙手腳極快，輕輕託住下頦，下頭就把腳往上勾了一勾，左手就用力一肘，
只聽的『咕咚』一聲，早把個公子跌翻在地下了。」後來，面對倚勢逼婚的方
公子，曲雲仙更加表現得勇敢無畏，大義凜然：

> 那雲仙把這兩件衣服脫下來，往地上一撩，倒剔雙眉，大睜星
> 眼，颼的一聲，從膝褲裏抽出一把解手刀兒，手指公子，大喝罵道：
> 「你這忘恩負義的狂徒！我自遼東一路保護你回來，不但錢財不
> 失，還全了你的性命。我好端端的夫妻，你怎麼生拆我的，倚著勢
> 力強要占我？你也看看我可能好惹的嗎？一馬一鞍，怎麼逼我為
> 妾？你那銀子、酒器，全是要設局害我丈夫的。常言道：『先下手者
> 為強』。且先砍下你這個驢頭，然後再剖腹取心，以泄我恨！」話還
> 不曾說完，方公子早已鑽在床底下了。

這真是一段解穢文字。將這兩段故事結合在一起，我們面前就矗立著一個威
武不能屈、富貴不能淫的義俠女子的形象，而且是那樣的樸實，那樣的真誠。
最後，她終於抗拒了主人的淫威，與丈夫一起離開方家，雲遊天下。對於曲
雲仙這一形象，作者先是淡淡寫來，隨著情節的推移，越染越濃，越顯示出
她那英姿颯爽和大義凜然的個性，令人讚歎不已。此外，該篇還在一開始描
寫了軍隊中的腐敗現象，描寫了遼陽一帶的市井人情、民風民俗。是篇堪稱
擬話本中的佳作，並對以後的俠義小說、武俠小說中俠女形象的塑造產生了
較大的影響。

二、《鴛鴦針》及其卷二

《鴛鴦針》中共有四個故事，主要反映士林生活。書中塑造了幾種不同
類型的文人形象，並通過這些人物，揭露了科舉制的弊端，反映了當時混
亂的社會現實，同時，也體現了作者某些政治主張和理想，被稱之為「一部
早於吳敬梓《儒林外史》百年的短篇儒林小說」。（王汝梅《鴛鴦針及其作

者初探》)

《鴛鴦針》寫得最好的是第二卷《輕財色真強盜說法，出生死大義俠傳心》。因為在這一篇中，作者不僅寫出了一個困窘而正直的知識分子時大來，而且還描寫了一位豪爽而熱忱的江湖大盜風髯子。書中寫時大來未第時無衣無食的窘態和屢受冤屈的苦況，足以令天下窮書生一哭；而穿插於其間的風髯子的故事，又足以令人精神為之一振。更有趣的是，作者屢屢將時大來與風髯子放在一起來進行刻畫，既突出了兩個不同性格的人物，又寫出了窮秀才與大俠盜之間豐富的感情。且看他們二人臨歧分手的一段：

> 時大來道：「你既做了聖賢的事，我就為你死也甘心。只是既救我出來，難道叫我也做這道路不成？」風髯子道：「這也不勸你做，你讀書人還望上進，此處非久住之地，天也快明瞭，我有一百兩銀子在此，你可拿去做盤纏回家。速往他處，切不可耽擱誤事。」時大來接了銀子，掉下淚來，道：「蒙恩兄這般看顧，生死骨肉之恩，何以相報？丈夫有心，俟以異日罷了，此時也說不盡。」那風髯子殺人不轉珠的眼睛內，也掉下幾點鐵淚，道：「前途珍重，我不能久談了。」說罷，忙忙去了。時大來舉眼一看，那些人已不知走去了幾里，他慢慢結束停當，緩步前行，身邊有了盤費，膽自大了。只揀僻徑行去。心下時時提念，風髯子真正義俠，感歎不盡。

《鴛鴦針》中的其他幾篇也寫得不錯。如第一卷第一回寫徐鵬子看一段：「從前直看到榜末，又從榜末直看到榜前，著行細讀，並不見有自家名字在上面。此時，身子已似軟癱了的，眼淚不好淌出來，只往肚子裏串，靠著那榜縫柱子，失了魂的一般，癡癡迷迷。到得看榜人漸漸稀了，自家也覺得不好意思，只得轉頭，悶悶而歸。」再如第三卷第三回，寫假名士卜亨巴結上顧御史後，「這個叫老社長，那個叫老先生，這個呼老盟臺，那個尊老師。他放下面皮，每會坐了首席，彈今駁古。就是放個屁兒，人只道還是香的。稍不如意，就大呼小叫的罵。這卜亨，當初是個名士，如今到似個真霸王了。」像這樣一些刻畫人情、入骨三分的精彩片斷，在《鴛鴦針》中還有許多。說《鴛鴦針》是《儒林外史》之先聲，並非虛言。

三、《人中畫》及其《風流配》

《人中畫》裏有五篇作品，所寫故事多為市井中的士流生活。大體而言，

五篇之水平相當，唯第一篇《風流配》略高一籌。這篇作品，就其內容而言，並無十分重大的意義，無非是一風流才子得到兩個美貌佳人的故事，是典型的才子佳人寫法，但其中歌頌女子才華這一點卻值得稱道。這篇作品妙在遊戲筆墨，觸處生春。作者極會編織故事，巧合法、誤會法的運用得心應手。如第一回寫才子司馬玄與佳人華小姐對詩，傳柬者卻為華小姐的父親華太師。而第二回寫司馬玄與另一位佳人尹小姐對詩，傳柬者卻為一老花農。二者遙相呼應、相映成趣。再如第三回，華小姐扮作司馬玄迎娶尹小姐，尹小姐要催妝詩，華小姐鬥才而作之，亦是大好遊戲筆墨。至第四回，華太師又讓尹小姐扮假婿以戲真婿司馬玄，真乃顛倒陰陽，遊戲三昧之筆。到最後，是華女曾娶尹女、尹女亦曾娶華女，司馬玄二妻竟自互相嫁娶，遊戲人生，達於頂點。這樣一種輕喜劇的寫法，酷肖李笠翁風格。這篇作品產生於才子佳人小說盛行的清初，也產生於李漁同一時代，看來不是偶然現象。它非常生動而真實地反映了當時一批懷才不遇而又不甘寂寞的文人對功名、富貴、地位、金錢，尤其是對於美色的一種羨豔心理。

《人中畫》其他諸篇，亦各有特色。《自作孽》寫科場黑暗、士人辛酸十分真切，描寫市井小人的態度、心理如畫。《狹路逢》則運用巧合法敘一帶有偶然性的奇事，妙在對負心漢的心理進行了較深層次的開掘。《終有報》則運用誤會法寫了一個諷刺型的輕喜劇，讓姦佞之徒作繭自縛。《寒徹骨》則表現了科舉制度對人們家庭生活的重大影響，亦寫得細膩深入。均可算得上擬話本中較好的作品。

四、《照世杯》及其《走安南玉馬換猩絨》

《照世杯》一書的整體特色是故事新奇、文風潑辣。其中四篇作品，亦各有千秋、難分軒輊。《七松園弄假成真》寫一風魔才子對一富室妖姬的苦苦追求，不同於一般的才子佳人小說，寫得別開生面。其中多用誤會法，尤具反諷意味。主人公阮生一走山陰，遇美人以酒敗；二走揚州，遇應公子以色敗；三留妓院，遇老鴇以財敗；最終歸家，誤會少伯以氣敗。酒、色、財、氣俱全，實乃作者的風流美夢。然全篇頗具戲劇化特色，故事曲折多變。《百和坊將無作有》堪與《聊齋誌異》中的《念秧》篇媲美。全篇寫一騙局，卻騙得高雅、騙得高明，可謂雲遮霧鎖而又滴水不漏。尤妙在騙人者假作名士風流，被騙者亦自謂風流名士，對當時那些文化騙子、假名士的揭露與諷刺可謂入

骨三分。整個故事充滿喜劇意味，語言亦詼諧幽默，結尾收煞得十分乾淨利落。作者寫行騙的手段，實不亞於馮夢龍與凌濛初。《掘新坑慳鬼成財主》是一篇典型的諷刺小說，作者不僅諷刺了吝嗇鬼，而且諷刺了敗家子，諷刺了當時形形色色的市井百態。故事寫得頭緒紛繁，近似「生活流」的寫法，然客觀上卻深刻地反映了當時社會的混亂。

相比較而言，《照世杯》中更有特色的是《走安南玉馬換猩絨》一篇。與上述三篇相比，該篇同樣的故事曲折、同樣的語言幽默，同樣的人物鮮明，同樣的反映了當時的社會狀況，同樣的具有趣味性和可讀性；所不同者，此篇寫異域風情、他國貿易，更具傳奇色彩和新鮮感。其中對安南景象的描寫，令人耳目一新；寫猩猩狒狒幾段，亦別有趣味；至於寫當時邊口互市的情況，更可作為史料來讀。我們且看故事中的主人公杜景山在安南國的山野間碰上狒狒一段：「只見星月之下，立著一個披髮的怪物，長臂黑身，開著血盆大的口，把面孔都遮住了，離著杜景山只有七八尺遠。杜景山嚇得魂落膽寒，肢輕體顫，兩三滾滾下山去，又覺得那怪物象要趕來，他便不顧山下高低，在那沙石荊棘之中，沒命的亂跑，早被一條溪河隔斷。」總之，這一篇作品在明清擬話本中具有獨特的審美價值。

五、「其他」的其他

然而，像上述這樣幾部整體水平比較平衡的擬話本集在明清兩代只是少數，更多的是第三種情況，亦即同一擬話本集中各篇之間良莠不齊、佳惡並存。因此，我們在下面只就其中一些較好的篇章略作介紹。

《鼓掌絕塵》之《月集》，堪稱一部小小的《金瓶梅》，亦可視為《儒林外史》、《官場現形記》、《二十年目睹之怪現狀》之先聲。該篇旨在諷刺卑鄙齷齪的社會怪現狀，作者的筆鋒真是銳利無比。且看幾個片斷：第一回中，鴇兒李媽媽有這樣一段自白：「我們開門面的人家，要的是錢，喜的是鈔。你若有錢有鈔，便是乞丐偷兒，也與他朝朝寒食，夜夜元宵；你若無錢無鈔，就是公子王孫，怎生得入我門？那裡管得什麼新相知舊相知！」再看第二回寫一知縣：「原來那知縣是個納貢出身，自到任來不曾行得一件好事，只要剝虐下民。看他接過這錠銀子，就如見血的蒼蠅，兩眼通紅，那裡坐得穩？」再看第三回中管理教坊司的官員的妙語：「難道烏龜官的紗帽不是朝廷恩典？」還有第五回寫一先生與學生終日湊分子、玩妓女，「好笑一個受業先

生，竟做了幫閒篾片」。而第七回中寫一金陵相公與一江南生員為一肥館爭奪廝鬧一段則更妙：

> 這一個，擦掌磨拳，也不惜斯文體面；那一個，張牙努目，全沒些孔孟儒風。這一個，顏面有慚，徒逞著嘴喳喳，言談粗暴；那一個，心胸無愧，任從他絮叨叨，墜落天花。一個道：「你搶人主顧，仇如殺害爹娘！」一個道：「奪我窩巢，類似襟裾牛馬！」一個道：「我江南人不甚吃虧！」一個道：「我金陵人何嘗怕狠？」

諸如此類的描寫，還有第八回中張驛丞的一番怒罵：「這囚養的，好不知世事！你曉得管山吃山，管水吃水？我老爺管著你們這些囚犯，也就要靠著你們身上食用。都似你這樣拜見禮兒也沒一些，終不然教我老爺在這驛裏哈著西北風過日子？」還有第九回寫兩個和尚的醜態，也是絕妙畫面：「有兩個小沙彌，恰好坐在山門上，拿著一部《僧尼孽海》的春書，正在那裡看一回、笑一回，鼓掌不絕。」就這樣，該篇的作者為我們勾畫了一幅世相群醜圖，縣令驛丞、典史公差、幫閒篾片、鴇兒烏龜、措大窮酸、流氓無賴、無行文人、風流和尚……各種卑劣醜陋的人物，都一齊聚集在這放大鏡前，得到了充分的暴露。作者不愧為諷刺高手，因為他對這些人物的描寫，不僅具有強烈的諷刺意味，而且是那麼的真實而生動。當然，與此同時，也發洩了作者一肚皮的牢騷之氣。

《型世言》中的《三猾空作寄郵，一鼎終歸故主》一篇，通過一個寶鼎的故事，反映了當時社會的一片混亂。為一鼎，有人以財求之、有人以術取之、有人以勢奪之，可與《紅樓夢》中賈赦奪古扇同讀，亦可與《一捧雪》中嚴世蕃奪玉杯對看。而《勘血指太守矜奇，賺金冠杜生雪冤》一篇，則是一個很不錯的公案故事。全篇寫得細緻入微，頗具生活氣息，且不涉神明，完全由人力破案，深刻體現了酷刑之下釀成冤獄的社會現實。

《歡喜冤家》中的《乖二官騙落美人局》一篇，構思精巧，語言俏皮，矛盾轉換自然合理。故事先寫小山與二姑夫妻二人合謀騙二官，後來反而由二官與二姑合謀矇騙原夫。其中，尤其突出描寫了方二姑這一精明能幹而又不同一般的女性。《費人龍避難逢豪惡》一篇，旨在反映社會秩序的紊亂。妙在情節曲折多變，一波三疊，作者運用了巧合法、對比法，取得了較大的成功。有些地方雖然不太合情理，但該篇在整體上卻能吸引讀者，增強閱讀興趣。

《石點頭》中的《貪婪漢六院賣風流》是一篇現實性很強的作品，吾愛陶對民眾的搜刮、壓榨，可謂概括了許多殘暴貪婪的封建官吏的本性。作者對這種社會蠹蟲的指斥與嘲諷，也具有一種強大的批判力量。《乞丐婦重配鸞儔》一篇，描寫打魚織席的生活十分真實。尤其是貧女賣唱一段，猶如民間風俗畫。請看：

> 覓了一副鼓板，沿門叫唱蓮花落，出口成章，三棒鼓，隨心換樣。一日，叫化到一個村中，這村名為「墊角村」，人居稠密，十分熱鬧。聽見他當街叫唱，男男女女，擁作一堆觀看。內中一人說道：「叫化丫頭，唱一個六言歌上第一句與我聽。」長壽姐隨口唱道：「我的爹，我的娘，爹娘養我要風光。命裏無緣弗帶得，苦惱子，沿街求討好淒涼。孝順，沒思量。」又有一人說：「再唱個六言的第二句。」又隨口唱道：「我個公，我個婆，做別人新婦無奈何。上了小船身一旺，立弗定，落湯雞子浴風波。尊敬，也無多。」又問：「丫頭，和睦鄉里怎麼唱？」又隨口換出腔來道：「我勸人家左右聽，東鄰西舍莫爭論。賊發火起齊渠救，加添水火弗求人。」又有人問說：「丫頭，你叫化的，可曉得子孫怎樣教？」又隨口換出一調道：「生下兒來又有孫。呀，熱鬧門庭！呀，熱鬧門庭！賢愚貴賤，門與庭，庭與門，兩相分。呀，熱鬧門庭！貴賤賢愚無定準。呀，熱鬧門庭！呀，熱鬧門庭！還須你去，門與庭，庭與門，教成人。呀，熱鬧門庭！」……說罷，踏地而坐，收卻鼓板，閉目無言。眾人喝彩道：「好個聰明叫化丫頭！六言歌化作許多套數，脅老人是精遲貨了。」一時間，也有投下銅錢的，也有解開銀包括一塊零碎銀子丟下的，也有盛飯遞與他的，也有取一碗茶與他潤喉的。

《西湖二集》之《吹風簫女誘東牆》一篇，雖是才子佳人寫法，然狀男女之情極為細膩深入。整個故事亦波瀾起伏，作者善寫生活小插曲，又善於玩弄文字遊戲。尤其是以牙牌遊戲、中藥材綴成的曲子，用以敘事寫人，更是精妙無比。且看用中藥材綴曲子描寫黃杏春小姐害相思一段：「這小姐生得面如紅花，眉如青黛，並不用皂角擦洗、天花粉傅面。黑簇簇的雲鬟何首烏，狹窄窄的金蓮香白芷，輕盈盈的一撚三棱腰。頭上戴幾朵顫巍巍的金銀花，衣上繫一條大黃紫菀的鴛鴦絛。滑石作肌，沉香作體，上有那豆蔻含胎，朱砂表色，正是十七歲當歸之年。怎奈得這一位使君子、聰明的遠志，隔窗詩

句酬和，撥動了一點桃仁之念，禁不住羌活起來。只恐怕知母防閒，特央請吳二娘這枝甘草，做個木通，說與這花木瓜。怎知這秀才心性茯實，便就一味麥門冬，急切裏做了王不留行，過了百部。懊恨得胸中懷著酸棗仁，口裏吃著黃連，喉嚨頭塞著桔梗。看了那寫詩句的蒿本，心心念念的相思子，好一似蒺藜刺體，全蠍鉤身。漸漸的病得川芎，只得貝著母親，暗地裏吞烏藥丸子。總之，醫相思沒藥，誰人肯傳與檳榔，做得個大茴香，挽回著車前子，駕了連翹，瞞了防風，鴛鴦被底。漫漫肉蓯蓉，搓摩那一對小乳香，漸漸做了蟾酥，真是個一腔仙靈脾。」這一小段，竟用了四十多味中藥鑲嵌其中，語意雙關，饒有趣味。是書之《巧妓佐夫成名》一篇，則寫出了一位煙花寨中的脂粉金剛、裙釵豪傑，其中對科考與官場的描寫，亦具諷刺意味。此二篇以及《西湖二集》中的其他一些篇章，還多次提到《西廂記》、《琵琶記》、《牡丹亭》、《水滸傳》、《西遊記》等許多戲曲小說作品，可見作者對通俗文學之熟悉和愛好。

《醉醒石》之《假虎威古玩流殃，奮鷹擊書生仗義》一篇，通過一個小變童在社會中上下沉浮的故事，反映了人的心性行為隨著社會環境的變化而變化這一普通而又深刻的道理。整個描寫都建立在真實可信的基礎上，最後寫書生鬧事一段，尤為大快人心。《穆瓊姐錯認有情郎，董文甫枉做負恩鬼》是一個鞭撻負心漢的故事，而董文甫之所辜負者，卻是一個癡情而又可悲的妓女。此篇中的穆瓊姐與「三言」中的杜十娘實乃同一命運，欲從良而錯擇對象，因而只會是悲劇結局。相比較而言，杜十娘死得更為悲壯，穆瓊姐卻死得更為纏綿。最終之鬼報情節，雖有些恐怖，但確實能讓讀者大泄心頭之憤。

《載花船》卷二中寫了三男三女六個主要人物，然性格各各不同。作者善寫人物，其中尤以淫蕩婦人芸娘最具典型性。虛榮、自私、乖戾、無恥，是一個墮落女性的典型。在她身上，概括了許多小說作品中淫蕩婦人的基本特徵，同時又具有鮮明的個性色彩。人物本身雖令人厭惡，但作者的概括能力卻令人可喜。這篇作品，還廣泛地反映了在那戰亂的時代裏普通民眾所面臨的苦難生活，筆鋒所到之處，令人怵目驚心。

《豆棚閒話》中的《朝奉郎揮金倡霸》是一篇獨具特色的作品，主人公汪興哥生逢亂世，卻以五萬金救一草頭天子，最終成就霸業，雄據一方。此篇筆調雄偉，境界開闊，尤以描寫海東天子劉琮軍伍一段，氣勢宏偉，從中

可見作者之大氣魄、大眼界、大筆法：「且說劉琮邀了興哥，搬了行李，到得河口，艤舟相待。不一時間，到了大港。卻有數十彩鷁，鱗次而集，旗幟央央，就有許多披甲荷戈的整齊環列。劉琮扶了興哥過船，便令發擂鳴金，掛帆理楫，出洋而去。未及五更，大洋中數萬艨艟巨艦，桅燈炮火，震地驚天。到了大船，即喚出許多宮妝姬嬪，蒲伏艙板之上，齊稱恩主，不減山呼。興哥也不自覺，如在雲夢之際。一面開筵設席，極盡水陸珍饈；一面列伍排營，曲盡威嚴陣勢。異方音樂，隊隊爭先；海外奇珍，時時奏獻。」是篇寫人物時，又頗精細，如表現汪興哥的外表糊塗、內心聰慧，便給人以新鮮感。

　　《珍珠舶》卷一是一篇市井中的倫理道德題材的作品，作者給我們展示了一個外表仁慈而用心險惡的市井歹徒蔣雲的醜惡形象。故事情節雖不甚曲折，卻寫得非常細膩，尤善描寫人物的犯罪心理與墮落過程，並能抓住不同性格的人物寫出他們不同的言行。篇中寫到王氏罵兒子、馮氏罵丈夫一段，婆媳二人各有其聲口，尤以王氏的語言更具個性特色。且看：

　　　　趙相道：「我白打那會偷漢的賊淫婦，婦扯淡，誰要你勸？想是你與他做一路的了。」只這一句話，打著了王氏的心窩，便捶胸跌腳，放聲大哭道：「好一個沒廉恥的烏龜畜生，我做娘的在家熬苦受淡，巴不得一日的飯，做兩日吃。你卻把二百兩細絲出去，不知怎麼樣弄完了，剛剛剩得一個被套子回來。我不埋怨你也夠了，你反平白地生言造舌，捏出無影無蹤的話兒來屈陷人。就是打老婆也罷了，怎麼連我也拖在渾水內？我自你十二歲上守寡起，直到如今，你見做娘的偷著幾個漢子，曾親眼撞過幾遭？你這忤逆畜生，說出這樣話兒，只怕要死快的了。」千畜生，萬畜生，足足罵了更餘天氣。

《生綃剪》中的《七條河蘆花小艇，雙片金藕葉空祠》一篇寫一凡人遇仙姑的故事，妙在寫仙凡之間不黏不脫、若即若離。這篇作品，既不像《聊齋誌異》中的《畫壁》那樣帶有厚重的宗教意味，又不像民間傳說中的白娘子故事那樣有著濃烈的世俗色彩，而是處於兩者之間，寫得一派空靈、淒豔動人。開篇處七娘子招青霞一段，寫得影影綽綽、饒有意味；中間二人相會一段，豔絕，又被上帝打斷，苦絕；結尾處更寫得餘音嫋嫋、煙波無限。是大手筆，說部中極為罕見。與此篇相比，《勢利先生三落巧，樸誠箱保倍酬恩》一篇卻極端務實。寫庸醫騙人、人騙庸醫，社會中的吹牛撒謊、投機鑽營、陰謀暗

算、伺機報復等各色醜惡人物，均各盡其貌。在作者筆下，市井百態、昭然若揭，世道人心、纖毫畢露，亦乃佳作。

《五色石》之《雙雕慶》一篇，本意為懲妒婦，然寫得波瀾起伏，枝蔓橫生，成一大格局。其中寫一美少年彈鵲射雕，飲酒飛騎，行走江湖之上，救人於危難之中，時隱時現，神龍不見首尾。又寫強盜扮太守上任，妒婦尋夫遇盜，賢婦人棄己子而存朋友之子，最終又寫兩朋友互贈寶貝，卻是相互間代為收養的兒子，種種奇遇、巧合，曲折的故事，都是為了增強作品的可讀性。一篇懲妒婦的作品，寫得如此具有趣味性、可讀性，亦可見作者筆下工夫自不在他人之下。

《二刻醒世恒言》中的《錯赤繩月老誤姻緣》是一篇批判封建婚姻制度的力作。主人公阿麗是一個父母雙亡的孤女，一被鄰家婆子賣給赫連員外，二被赫連送給表兄袁遜仁將軍，三被將軍賞給門下刁成，最終只能上弔自殺、一死了之。這一大段描寫，道盡了封建時代普通婦女的千種悲酸、萬般苦痛。正因如此，終篇處寫阿麗鬼魂對月下老人的一段控訴，便格外動人，催人淚下，令人解氣：「我薛阿麗生在淮揚風景之地，自幼能攻書史，又生得面似芙蓉，身如楊柳。我不想到帝王家貫魚專寵罷了，難道一個文人也銷受不起？直將我遠遠的繫足在那赫連勃兀身上，果也是我不是麼！那勃兀一字不識，有得幾貫臭錢，怎就該配我？我一身的窈窕、絕世的聰明，倒該伴著那村人麼？比似世間更有那才高班馬、貌若潘安的人，去婆了個無鹽醜女，豈是甘心的？多少臨風望月，真正有情之人，落得洛神空賦、襪廟徒燒，不能成雙作對；沒要緊的健兒錢虜，若袁遜仁、赫連勃兀之類，倒後房玉立、有女如雲。你這月下老人，也莫怪我說，你卻是天下第一個不平心之人哩！你若不與我說個明白，我決不罷休，要與你同去見上帝，講個明白哩！」儘管後來月下老人自認錯牽赤繩、并給阿麗來世一個美滿姻緣，但那不過是一篇佳作後面所拖上的一條沉重而光明的尾巴而已。綜觀全篇，像這樣專寫普通婦女的苦難生活、尤其是婚姻悲劇，並深表同情的作品，在章回小說中有一部《金雲翹傳》最好，擬話本中則以此篇為佳。

《雨花香》中的《四命冤》也是一篇頗具特色的佳作。一般的公案小說均側重批判貪官污吏，而此篇卻批判了一清廉正直而又剛愎自用的孔知縣。劉鶚在《老殘遊記》中提出的「清官」比貪官更可恨的觀念，在這裡初露端倪。這位廉而不明的縣令大人堪稱是極端的主觀主義分子，他一見張家媳婦

長得漂亮，就疑其通姦殺人，結果十分自信地推導下去，終至屈死四命。作者主觀上雖意在勸誡為官者須謹慎，而客觀上對自以為是的酷吏的批判卻更其深刻。

《娛目醒心編》之《愚百姓人招假婿，賢縣主天配良緣》是一篇帶有喜劇特色的市井公案故事。作者善編故事、善寫衝突，寫市井人情如畫，寫官府判案如戲，讓讀者在輕鬆愉快的氛圍中瞭解到當時的社會狀況，從而獲得一種審美愉悅。且看篇末寫縣令懲罰、戲弄居心不良的錢監生一段：

> 太爺也覺好笑，且叫放起，問道：「你究竟願打呢，願罰？」回說：「願罰，願罰。」太爺道：「你既願罰，該罰多少？」錢監生哭道：「任憑太爺吩咐。」太爺道：「造化你這狗頭！你尚該三十七板沒有打得，罰你十兩一板，快快拿出三百七十兩銀子來與周二做本錢，便饒你打！」錢監生尚要支吾。太爺說：「你既不願罰，從新打起。」皂隸呼喝一聲，錢監生尿屁都嚇出來了，連聲道：「遵太爺明斷！」太爺道：「既然遵斷，速即取來交與周二收領。」錢監生涕流滿面，一蹺一拐，跟著差人，拐到鋪中，兌足三百七十兩銀子，當堂交代。

《躋春臺》中多公案之作，尤以《南鄉井》一篇為佳。此篇雖與「二拍」中《東廊僧怠招魔，黑衣盜奸生殺》故事相近，但加入姚家一段，顯得更為複雜。且全篇以一帕子為線索，抽絲剝繭、順藤摸瓜，堪稱連環案、案連環，是古代公案小說中之珍品。

明清擬話本小說集中的好作佳篇，據筆者看來，大略如上。當然，這也是相比較而言，尤其是將它們置於同一集子中的眾多作品中相比較而言所得出的評判，若與「三言」、「二拍」或《連城璧》、《十二樓》相比，上述這些好作佳篇只不過是代表著它們所在的集子而偶爾露崢嶸罷了。

（原載《話本小說通論》，華中理工大學出版社，1998 年 8 月出版）

一覽眾山小
——《聊齋誌異》中的傳奇精品

在中國古代的文言小說中,《聊齋誌異》無疑是最偉大的。但《聊齋誌異》並非純粹的傳奇小說集,而是傳奇、志怪乃至雜記的大雜燴。在《聊齋誌異》近五百篇作品中,傳奇之作接近一半。然而,《聊齋誌異》的偉大也主要在「這一半」之中,至於志怪、雜記的「那一半」,其實相當一般,並不能顯示多少聊齋先生的偉大。

《聊齋誌異》中的傳奇作品有二百二十多篇,其中有一半堪稱佳作,但由於篇幅的限制,我們不可能介紹太多的作品,只能就佳作中的佳作略作評論。並且,在對這些最佳作品的評論過程中展示《聊齋誌異》的某些特色。

談到《聊齋誌異》的特色,我們可以從很多不同的層面來認識。既然本文主要討論具體作品,那麼,我們還是從分析作品最方便的角度——題材出發,來走進《聊齋》諸名篇佳作。有趣的是,就題材而論,《聊齋》中特多愛情佳篇,由此,我們不得不將這些名作佳篇一刀砍成兩半:寫情的和其他的,尚不知如此粗分是否能保持大體的均衡。

一、愛情諸佳作

1.《嬌娜》

異史氏曰:「余於孔生,不羨其得艷妻,而羨其得膩友也。……『色授魂與』,尤勝於『顛倒衣裳』矣。」此乃一篇之骨,亦乃此篇不同於他篇之關鍵

處。相愛男女即使不能成夫妻，亦可成膩友，此乃愛情中之至高境界也。篇中寫嬌娜醫術，前者親孔生而單純，後者親孔生而誠摯，是幼稚之嬌娜與成熟之嬌娜之區別。作者寫嬌娜，先以一小鬟鋪墊，又以其姊松娘襯托，深得寫人之法。唯結局以嬌娜夫吳郎死，作者心太忍，亦作者心胸狹隘處。若寫吳郎與嬌娜同住孔家，豈不更佳？

2. 《青鳳》

此乃名篇，寫四人，個個出色。青鳳一狐女，然大家閨秀風範；耿生大家子，卻狂放如狐妖。「得婦如此，南面王不易也！」乃石破天驚之人間至情語。狐父及孝兒形象亦佳，父嚴而近情，子風流倜儻。篇以「青鳳」為題，然青鳳僅稍稍露之，若神龍首尾，反以耿生為線索，以耿生之角度為視點，此作者聰明處。置青鳳於別室，是為孝兒求情留地步。全篇針線細密，對話精彩，神態描寫尤佳。如寫耿去病「對鬼」神態：「生笑，染指研墨自塗，灼灼然相與對視。」如寫青鳳偷情被撞神態：「女羞懼無以自容，俯首倚床，拈帶不語。」至於對話，且看耿去病與「老狐」初見時的一段：「生突入，笑呼曰：『有不速之客一人來！』群驚奔匿。獨叟出，叱問：『誰何入人閨闥？』生曰：『此我家閨闥，君占之。旨酒自飲，不一邀主人，毋乃太吝？』叟審睇曰：『非主人也。』生曰：『我狂生耿去病，主人之從子耳。』叟致敬曰：『久仰山斗。』乃揖生入。」狂生之狂放，老狐之老辣，於此均躍然紙上。

3. 《嬰寧》

《嬰寧》一篇，前人多有議論，且多半著眼於嬰寧之「笑」。然除「笑」之外，更當注目一「花」字。「笑」與「花」的結合，此在但明倫等人評語中早已言之甚詳。我們不妨稍稍清理篇中「花」的線索：嬰寧與王子服相見乃「拈梅花一枝」，分別時又「遺花地上」，其住處在「叢花亂樹中」，「牆內桃杏尤繁」，再次見面時嬰寧「執杏花一朵，俯首自簪」，見到王生便「含笑拈花而入」，她家院內「夾道紅花片片墮階上」，「豆棚花架滿庭中」，「窗外海棠枝朵探入室中」，嬰寧顧婢曰：「視碧桃開未？」花園中「楊花糝徑」，「花木四合其所」，王生「乃出袖中花示之」，嬰寧對王生說：「待兄行時，園中花當喚老奴來，折一巨捆負送之。」一直到最後，尚點明嬰寧「愛花成癖」。可見，「笑」乃嬰寧外在表現，「花」卻是她的精神實質。何以謂之「笑」？純潔、自然、千姿百態；何以謂之「花」？亦乃純潔、自然、千姿百態。可見嬰寧的「形」與「質」是統一的，作者萬分喜愛之「我嬰寧」，實乃以「花」為裏，以「笑」

為表也。或謂,《嬰寧》篇細讀之,可讀出嬰寧乃狐精耳。全篇故事不過一狐精戲人,狐精主動、狡黠,假作天真。此皮相之見也。筆者更願意相信全篇是一個美麗的夢境,在此夢境中,那個天真無邪的不解事的嬰寧永存,那狡黠、那懂事、那主動戲人,不過是做夢的「人們」給嬰寧塗上的可惡的現實的厚厚的「釉」。誠如聊齋先生所言:「若解語花,正嫌其作態耳。」

4. 《聶小倩》

該篇愛情、俠客合而為一,且唐人傳奇影子最重。如寫夜叉二次,均可於唐人傳奇中找見。然究其實,仍以俠為賓而情為主也。燕生偶露崢嶸,匆匆而過,僅留一囊以顯神通,概念而已。小倩則隨寧生而歸,幾經周折,方為寧妻。雖為鬼,實乃人也。更有甚者,此鬼曾害人、魅人,書中人不計較,讀者亦不計較,皆因其乃被迫者也。該篇寫法新奇,以俠起,以俠終,而以情貫串其中。且幽界與人間界線不太清晰,不似唐人傳奇、明人戲曲,動輒還魂、再生之類。篇中竟以小倩之鬼魂嫁給寧生之生人,且生子,真乃通篇寫鬼而通篇無鬼。寫鬼而無鬼氣,唯聊齋先生乃真正作手也!

5. 《水莽草》

此篇為祝生立傳,而祝生性格,乃在極富人情味,極富同情心。觀其當怒則怒,當仇則仇,當恩則恩,當救人則救人,真乃人間極品矣。其為鬼實不曾為鬼,觀其養老母、娶嬌妻、為之娶婦、救人多多,何曾有些許鬼氣?該篇寫人間往來,細膩非常,寫幽明之間亦無隔閡,純為市井寫照也。

6. 《蓮香》

《蓮香》一篇,真《聊齋》中之精品也。就情節而論,作者想入非非,故事變幻莫測。狐與鬼,交相出現,一開始互疑之、互窺之、互妒之,及至桑生病危,狐鬼則又互諒之、互愛之、互助之,共同勉力為心上情郎。最終,鬼為桑生而求生,狐為桑生而求死,死而復生,鬼狐竟成姐妹,共事一夫,而容顏均乃前世之容顏也。就人物而論,蓮香之老辣、狡黠、風趣,李氏之幼稚、含蓄、溫柔,各有千秋,誠乃春花秋月、東泰西華並立之嬌狐豔鬼也。桑生亦不錯,一鍾情男子,為情而不顧一切。觀其知鬼而不懼鬼,知狐仍猶戀狐,及至與狐鬼作兩世緣,真是天下第一情癡,亦具天下第一情味也。

7. 《阿寶》

《阿寶》一篇,扣一「情」字下筆。孫子楚可謂情癡之最,斷枝指、魂相

從、變鸚鵡，是一而再、再而三之癡於情者。「情」於孫子楚而言，無人禽之別，無痛楚之畏，無形神之分，後阿寶亦以情感冥王，放孫子還陽，是「情」無幽明之隔也。古今之寫「癡情」者，有過於《阿寶》耶？無也！該篇重在渲染，一事、二事、三事、四事，總之是咬住「情根」不放，反覆寫情。寫一人之癡情，再三致意而不令人生厭，除卻情感人之自身特質外，作者想像之豐富，亦乃大有功勞。寫鸚鵡一段，尤感人、尤動人。鸚鵡之言行舉止，本一情癡所化，而表現則又如一童稚，真所謂「童癡一弄」。

8. 《巧娘》

該篇寫情細膩，一鬼一狐，各有特色，又兼之一狐嫗，更具生活氣息。與《蓮香》篇相比，又是一番風味。《蓮香》有著意弄巧處，鬼狐交錯，對比描寫，給人以強烈刺激。此篇淡然，照生活本來面目寫之，雖無強烈刺激，然雋永有味。結尾寫鬼能生子，又與《聶小倩》堪為比併。惜篇中寫陽具多處，作者亦未能免俗也。

9. 《魯公女》

書生慕女之貌，女卒，而以澆奠招其魂至，是情之大也。又以誦經致其託生而消孽，亦情之大也。託生前又訂來生，大者為情。女託生後男以齒老，誦經而返老還童，是佛力，亦乃情之力。最終，尋上門去因誤會而女子再卒，又託夢，書生使其再生，是情之力至高無上也。通篇似乎寫佛力，又似乎寫情之力。歸根結底，情之力為內，佛之力為外，外動力不如內動力也。

10. 《連瑣》

本篇乃愛情佳作，其佳有七：其一，人鬼相戀，卻比人與人之戀更為高雅純潔。其二，鬼女大有詩情，較之人間女子更為可愛。其三，書生亦可愛，於性慾之間能抑能伸，當行則行，當止則止。其四，書生不懼死而相助女鬼，女鬼企望生而伴侶書生，相當感人。其五，情與欲之混合，便可使鬼女再生，奇特而可信。其六，篇中眾友人穿插，更為有趣。其七，全篇若斷若續，若脫若黏，若即若離，寫來煞是好看。

11. 《連城》

連城，癡情女子也；喬生，癡情男兒也。二人以詩相識，女慕男才，男貪女貌，本一般故事。但女子將卒，男則割肉救之，方知乃人間罕見之真情也。該篇雖名之曰「連城」，然最動人者則喬生。作者先以其恤友人妻、扶邑宰柩

二事鋪墊，以顯其真至誠君子，熱血男兒。對於情，更為癡迷。割肉於胸，冀女子一笑；入陰司，復引女還魂；「卿死，僕何敢生？」更是人間至情語。女亦不差，慧眼識喬生，非生不嫁。後竟兩次以性命相搏，甚至以鬼身先報喬生之恩，亦乃人間之至情。篇中寫賓娘，實乃蛇足。該女子神態可掬，自可另作一篇，置於此，擾亂正題也。

12.《翩翩》

此篇實乃《聊齋》上乘之作。其一，一派純淨世界，了無纖塵。綠葉為衣，白雲為絮，佳婦好兒。羅子浮真仙人也，作者之心真仙心也。其二，對話極其精彩，尤以翩翩與花城絮家常一段為甚：「一日，有少婦笑入曰：『翩翩小鬼頭快活死！薛姑子好夢，幾時做得？』女迎笑曰：『花城娘子，貴趾久弗涉，今日西南風緊，吹送來也！小哥子抱得未？』曰：『又一小婢子。』女笑曰：『花娘子瓦窯哉！那弗將來？』曰：『方鳴之，睡卻矣。』於是坐以款飲。又顧生曰：『小郎君焚好香也。』」讀此，真如聽市井中小女子喁喁笑語也。脆生生、甜蜜蜜、軟綿綿，滋味無窮。其三，全篇囫圇而至，囫圇而出，囫圇而始，囫圇而終。餘音嫋嫋，令人回味。

13.《辛十四娘》

馮生直接向辛老求婚，雖不及耿去病狂放，亦曠達之士也。生乘醉搴簾曰：「伉儷既不可得，當一見顏色，以消吾憾。」則可與耿生比肩。馮生陰念：「若得麗人，狐亦自佳。」乃好色而有情者。十四娘，觀其日以紝織為事，觀其日有盈餘輒投撲滿，一勤勞儉樸之市井婦女也。十四娘救馮生之前一段，是作者故作驚人之筆，亦乃設置懸念之法。十四娘迅速老去，而馮生心念愈堅，是報恩愛情二者混合。是篇情節曲折，幾經轉換，《聊齋》中亦甚為特別。十四娘性格抽絲剝繭，次第寫來，層層深入，妙！

14.《鴉頭》

《鴉頭》乃《聊齋》好篇之一，其好有三：其一，鴉頭乃狐，賤類，而狐中之妓，賤中之賤者，然其人品高貴，心地善良，一情繫心，之死靡他，乃人中聖潔者也。身極賤而心極貴，鴉頭便是矛盾統一體。其二，全篇寫狐，卻全篇寫人。狐中諸色，乃人中各色人等。其慘烈，看似狐勝於人，實則人過於狐。其三，孜兒復母仇，殺母之母，且以其皮作囊，是至酷至暴也。然孜兒半人半狐，是兼有人狐之酷。最終，將其「拗筋」挑斷使其改惡從善者，乃其狐母鴉頭也。是狐有人性，抑或人有人性？讀者自可明白。

15. 《封三娘》

此篇別開生面。封三娘乃至情之人，卻偏不願動兒女私情，而只以真情待人。先見十一娘，驚豔而相友好。復因愛而生憐，願為之擇佳偶。甚至教訓十一娘，使之情深意堅。最終又不願效英、皇之事，雖為書生破色戒，仍飄然而去。是封三娘乃情之聖者，亦乃情之豪者也。相較而言，十一娘不如封三娘，是人不如狐，書生又較二女更遜一籌，是男不如女。該篇還魂描寫，是上承《牡丹亭》等，若就閨友閨情而論，則下啟《紅樓夢》等。不特思想新穎，且緩緩寫來，娓娓動人，令人心靈淨化。

16. 《章阿端》

此篇有大荒之處數端：其一，鬼能死，死而為聻，聻投生又為鬼。其二，鬼中巫覡難以治聻，如同人間巫覡難以治鬼一般。其三，「情之所鍾，本願長死，不樂生也。」其四，偷生罪大，偷死罪小。此四端聞所未聞，幻中更幻，是聊齋先生之奇思妙想也。準乎此，方知此篇乃大怪之作、大奇之作，是《聊齋》中之「聊齋」也。

17. 《花姑子》

真花姑子乃獐，芳香襲人；假花姑子乃蛇，腥膻逼人。然人間獐或蛇均有，甚或亦獐亦蛇者均有之。花姑子至情，終不容於老父，不及青鳳幸運。安幼輿癡迷，終不敢異軍突出，不及耿生狂放。故而，知此篇不及《青鳳》遠甚。然此篇亦有特點：其一，情節曲折，懸念迭生，不亞《聊齋》諸佳篇。其二，以悲劇結束，令人牽腸掛肚，尤出諸篇之上。其三，治病一節似《嬌娜》，斬蛇一節似《李寄》（出《搜神記》），花姑子之癡又似《嬰寧》，是一篇兼有數篇之所長也。

18. 《西湖主》

《西湖主》，異遇小說也。先前陳生救龍婦乃一伏筆，亦乃後來之扣子也。篇中寫西湖主如苑囿鮮花，清新可愛，具有巾幗英風，非一般俏麗花妖狐媚可比。全篇雖單線發展，然作者善於尺水興波，小波瀾一個接著一個。若俗手寫來則一覽無遺，了無意味。西湖主之笑，全從陳生偷窺寫來，如此方別有風味。至洞房花燭，反索然無味也。是篇結尾頗奇，一人而分二身，自身且不知。此乃作者欲享人間之福又思天上之福的雙重追求之體現，然只是夢想也。想聊齋先生人境之福未曾深享，仙境之福更未嘗見，卻夢想分身享二境之福，悲哉！

19. 《伍秋月》

該篇之佳，妙在一忽兒陽世，一忽兒陰間，一忽兒夢幻，一忽兒真實。然讀破全篇，所有鬼話皆人話，所有鬼魅皆人類。明乎此，方知書生王鼎善殺鬼，尤愛殺鬼間役吏、凶吏、淫吏是何用意。至若伍秋月如扶風若柳，乃未成「人」，是篇中最帶「鬼」意處，寫來亦別有風味。

20. 《小謝》

本篇之骨在道士一語：「此鬼大好，不宜負他！」全篇寫兩好鬼，交相輝映，不分彼此，先調皮，後莊重，再剛烈，再多情，且愛讀書，真人間有趣鬼耳，真鬼間有趣人耳！小謝秋容，其實一也。作者為掀波瀾而寫為二；小謝秋容，其實二也，作者為寫愛情合而為一。誠如《紅樓夢》之釵黛，兩峰並峙，雙水分流，然陶生所擁者，非二美，乃一「情」耳！調皮乃少女純真之情，讀書乃少女好奇之情，救人乃少女俠義之情，二女相會亦不免妒忌之情，最終，歷盡艱辛而妒意全消，是小謝秋容返本歸元之情。質言之，是篇舉一情為綱而寫二好鬼，二好鬼終繫於一情之網結也。

21. 《細侯》

《細侯》故事不太精彩，亦無多引人入勝處，所妙者乃在塑造一妓女形象。此妓不同於他妓者有三：其一，婚姻觀念與眾不同，且看她所言：「妾歸君後，當常相守，勿復設帳為也。四十畝聊足自給，十畝可以種黍，織五匹絹，納太平之稅有餘矣。閉戶相對，君讀妾織，暇則詩酒可遣，千戶侯何足貴！」其二，不嫌貧窮，不慕豪富，再看她所言：「滿生雖貧，其骨清也；守齷齪商，誠非所願。」其三，決裂果斷，不留後路，且看其殺子而不取賈人財物一段：「細侯大悲，方悟前此多端，悉賈之詭謀。乘賈他出，殺抱中兒，攜所有亡歸滿；凡賈家服飾，一無所取。」尤其是第三點，作者比之為「壽亭侯之歸漢」，誠然。如此，則一強賽鬚眉之妓女便躍然紙上矣！

22. 《青娥》

青娥不是《青娥》主人公，主人公乃其匹偶霍桓也。霍桓乃一癡男子、真情男子，男嬰寧也。因其母愛惜過甚，閉於家中，故不省世事。然一見青娥，情自肺腑而生，不能自制，竟以鑱鑿牆，一親芳澤而不及於亂，是天真也。嬰寧不慣與生人睡，此子即「生人」，卻極願與生人女子睡矣。然所謂睡，僅僅「睡」而已，不及其餘，此亦天真也。及至被擒，卻「目灼灼如流星，似亦不大畏懼」。因心中無邪，故無所畏懼也。及至放還，依然索小鑱，更竊鳳

釵，均童心可愛。婚後，其婦死。為母病竟至求魚於百里之外，亦乃純孝、至性也。又會其婦，竟求歡，竟作色斥岳父：「兒女之情，人所不免，長者何當伺我？無難即去，但令女須便將去。」義正詞嚴，岳父為其所屈，只好欺騙之。及至受騙後，又以小鑱挖開仙府大門，逼使岳家送出妻子。此子心中，只橫著真情至性，而無一切芥蒂，一切塊壘，故而一往情深，一往無前，一無所懼，一片天真，一派赤誠。霍桓者，真人、聖人、至性之人也。

23. 《阿繡》

本篇之要，在於真假兩阿繡，然兩阿繡均偽也。真者乃西王母，是劉子固所娶之真形，乃西王母也。作者真是膽大！而就二偽阿繡而論，又有假中之真和假中之假。假阿繡較之真阿繡毫不遜色，甚或過之。（雖自歎不如，僅其貌，非其性也）假阿繡實乃一俠女，敢愛，敢作敢為，且幽默風趣，真可人也。回視真阿繡，則稍遜一籌，然亦有賣粉之趣，扮假阿繡之味。篇之最後，言假阿繡可懲盜物之奴，離去後，真阿繡反扮作假阿繡以威嚇盜物者。此乃「假作真時真亦假」，人間美人與狐魅美人一而二、二而一，真假阿繡其實一也。由此觀之，蒲翁已著曹侯之先鞭矣。

24. 《小翠》

此篇有多處可與《青鳳》對讀：如小翠「俯首微笑，以手剗床」。而青鳳則「俯首倚床，拈帶不語。」再如小翠「以脂粉塗公子作花面如鬼」。而耿去病則「染指研墨自塗」。該篇又可與《嬰寧》對讀：公子告母親曰：「小翠夜夜以足股加腹上，喘氣不得，又慣掐人股裏。」該篇明寫兒女之情，暗寫官場鬥爭。小翠之救王氏一門於厄難之中，均由政治鬥爭引起也。而小翠手段，亦乃以政治對政治，即以其人之道，還治其人之身。小翠之狡黠、之聰慧，亦由此而流露於通篇字裏行間。總之，小翠之嬌憨不讓嬰寧，聰慧不讓青鳳，多情不讓蓮香，活潑不讓嬌娜，是諸狐女中之佼佼者。全篇亦只寫小翠一人，其他人物，均為小翠而設，自身並無多大價值。不似《聊齋》其他多篇，往往寫男女二人。

25. 《瑞雲》

《瑞雲》不長而精，要在表明一點，真正相愛者，感情積澱勝於美貌刺激。先是瑞雲於人海中識賀生，以詩相贈。繼而，賀生贖瑞雲於美貌變為醜陋之時，並言：「人生所重者知己，卿盛時猶能知我，我豈以衰故忘卿哉？」且只要瑞雲，終身不復娶。聞者笑之，而生益篤。最終，由和生總結賀生行

為：「天下惟真才人為能多情，不以妍媸易念也。」此正是《聊齋》愛情觀進步處，亦乃蒲翁之不同凡響處。然歸美人之真璞於才子，又留仙自愛情結之自然流露也。

26. 《葛巾》

洛陽牡丹甲天下，殊不知乃從曹州來。曹州牡丹亦聞名遐邇，無如蒲翁筆下之葛巾、玉版之生命永恆。葛巾、玉版，其實一也。葛巾為主，玉版為副，乃花妖之最，不必分而論之。《聊齋》之花妖，黃英乃菊花精，商賈中之典型也。葛巾乃牡丹精，卻是大家閨秀風範。觀其園中見常大用，觀其與妹子下棋，觀其登高樓而鎮群盜，真大家閨秀氣質，且非一般大家閨秀，而是歷經風霜、見過世面者，恰如才子佳人小說《宛如約》中趙如子之流。該篇寫葛巾有二要，外貌之美，自不待言，而內在之芳香，更是長駐不衰，沁人心脾，此深得寫美人之法也。歷觀古來說部佳作之寫美人，只把其一佳處便可精神全出，不必面面俱到，誠所謂傷其十指不如斷其一指。最厭平庸小說，寫美女容貌美、語言美、腰身美、步履美、氣味美、心靈美……，幾乎無一不美。美則美矣，然美不勝收者結果讓讀者一無所得，反不如撮其一要而傳其神。若葛巾，一「香」字足矣！該篇敘事亦妙，開篇由常大用視角寫來。讀者心急，作者筆調偏慢。常大用幾番不得近葛巾，此乃弔常大用胃口，亦乃弔讀者胃口。

27. 《晚霞》

可歎侯門深似海，從此蕭郎是路人，此《晚霞》之所謂也。此篇雖寫龍宮冥府，實乃人間之幻化也。蔣阿端，龍舟之競技童；晚霞，龍舟之競技妓。二人同赴水府，同為龍窩君之樂部。龍窩君者，人間王爺之象徵也。竟留晚霞於宮，故有脫逃之事，故有阿端殉情之事。此篇之趣，在於陽間視陰間為死，而陰間視陽間亦乃死。是死即新生，生即新死，方生方死，生即死也，生生死死，本為一也。不意莊叟亦遁入《聊齋》中。該篇又寫各樂部競技，龍舟競技，深得宮中之樂以及民俗意味，可作音樂史料、民俗史料讀之。而妓之晚霞，童之阿端，本為下賤之人。賤至命不值錢，隨人擺弄。不料二賤人竟幽會於蓮花叢中，天造地設，人間佳偶。可見鴛鴦無貴賤，只要成雙對。

28. 《白秋練》

是篇頗雜：既有愛情之歌頌，又有經商之描寫，還有對文才之表彰，且三者融為一體。觀白秋練之慕生，乃在生之詩書滿腹；而白氏得以為生家子

婦，乃在此女經商之經綸滿腹。是才與財，二人愛情、婚姻之媒介和保障也。善寫病，亦乃該篇之所長。女為郎病吟詩，解之；郎為女病而吟詩，亦解之。是詩中有愛，詩中有醫療百病方子，尤善療相思病矣。白秋練雖為白魚精，實乃一文才斐然之市井女子。書生雖為商賈子弟，亦頗具風騷，讀書不輟。可見，詩書為一篇之綱領也。至若白秋練不飲洞庭水便不得活，是人而物化，物而人化，此《聊齋》之慣技，不詳論。

29.《王桂庵》

開首一段，寫王桂庵多情，卻有少許油滑習氣，然已設下一懸念。情郎不知女子姓氏里籍，惘然而別，嗣後又做一夢，遇女，又為其父衝斷，又一懸念。至後來驗夢境，遇女子方知其姓氏，訪其父，請聯姻，其父又曰已許人，又一懸念。王生一戲語，而芸娘即投江，可謂情專意烈，然又一懸念。直至夫妻重逢，又得佳兒，方才交待明白。可知懸念設置乃本篇之首要特點。故事本不曲折，因懸念而曲折有致，作者真得尺水興波、無中生有之妙也。

30.《寄生》

《寄生》乃《王桂庵》續篇，然大不如前篇矣。一男二女，同時迎娶，兩座青廬，是作者劣根性所在，惡趣也。該篇雖故事曲折，終難遮掩其思想陳腐。且寄生思想性格轉移之快，不符人情，尤不符有情人之人情。至若寄生、五可同時入相同夢境，是抄襲《還魂記》，並無新鮮意趣。全篇文筆，多為敘事，殊少描摹，絕無《王桂庵》開篇以傳神之筆寫小兒女挑逗情味。總之，寄生不及王桂庵遠甚，《寄生》亦不及《王桂庵》遠甚。由此亦可知同一作家亦可能以自家狗尾續自家貂矣！

二、其他佳作

1.《勞山道士》

這是一篇寓言故事，但很少有寓言寫得如此生動曲折者。通觀全篇，事只一件，然曲折；人只兩枚（其他人物均為湊數），而生動。故事結局處寓意尤深，道士示王生：「歸宜潔持，否則不驗。」然王生未有具體「不潔」行為而碰壁，是更深一層寫法，因為王生自始至終的行為均乃不潔也。

2.《畫皮》

該篇有佳處，亦有劣處。佳處在寓意深刻，美人或即魔鬼，美色或即羅剎，甜言蜜語或許正風刀霜劍也。此種寫法，正與《紅樓夢》「風月寶鑒」

同一機杼。劣處，王生所造之孽，卻令其妻償之，是極端糟蹋婦女處。該篇寫法極佳，一波三疊，可分四段。一段柳絲花朵，二段惡鬼猙獰，三段變幻莫測，四段嬉笑怒罵。該篇語言極其精練，開篇「太原王生，早行」六字，點明時間、地點、人物、事件（開端），不可省略一字，真乃遣詞造句之極境也。

3. 《俠女》

該篇乃集唐代以降復仇俠女之大成，較之以前諸作，情節更為複雜。如篇中加一白狐為孌童，且屢屢戲女，故殺之，可謂牛刀小試。後又為書生生一子以延嗣，然此等地方正聊齋先生之作與唐人傳奇之作最大之不同。唐人傳奇中多半是純粹的江湖女俠，而蒲氏筆下女俠則帶有分明的倫理道德意味。因書生善待其母，俠女故而為之延續香煙，此正所謂知恩圖報也。又，俠女先以母病未能報仇，又以身孕未能報仇，較之唐人傳奇之女俠，此女太多牽累。然而，此種描寫正是唐人傳奇女俠之「野」與《聊齋誌異》女俠之「家」的根本區別之表現。

4. 《張誠》

《張誠》篇故事內容頗為複雜。一人前妻被北兵擄去，又娶妻生一子，卒。再娶妻，又生一子。後妻不喜前妻子，常欺凌之，令其砍柴，不與食。其弟憫兄，送食、助樵，不幸為虎銜去。兄追而傷虎，虎遁，未能救弟，歸而自刎。死入陰間，兄尋弟魂，未見。又為觀音菩薩救活，還陽，發誓尋覓弟之蹤跡。流離四方，終遇弟，其弟為一人所救，此人乃其父最早前妻之子也。三兄弟相認，前妻亦歸家，時後妻已卒，一門團圓。此篇寫人情頗為質樸純真，兄弟之情亦天然可愛。場面描寫、人物描寫均不錯，尤以弟助兄樵和團圓時老翁神態描寫兩段最佳。且看後者：「父自訥（中子）去，妻亦尋卒，塊然一老鰥，形影自弔。忽見訥入，暴喜，悅悅以驚；又賭誠（幼子），喜極，不復作言，潸潸以涕；又告以別駕（長子）母子至。翁輟泣愕然，不能喜，亦不能悲，蚩蚩以立。」描寫一老者猛然間三子失而復得、老妻破鏡重圓時的複雜心態、奇特行為，令讀者如見其人、如臨其境。

5. 《紅玉》

《聊齋》之狐，多以美色悅於人，溫情感於人，而紅玉則以俠氣奪人睛目。先自薦，後斷然離去。又薦衛女，助金使馮生娶之。及馮生家遭大難，髯俠為之手刃仇人。此髯俠，非為紅玉所化，即為紅玉所使，無論作者作何處

理，讀者不可被他瞞過。最終，紅玉又以手之勤、身之勤，使馮生家道復興，真乃女中之俠，真乃狐中之俠也。如此狐中之俠、女中之俠，千古一現，而馮生遇之，幸甚！馮生亦好漢子，為雪父仇而不顧一切；馮父亦好漢子，為護子婦而一切不顧。然馮家父子皆匹夫之勇耳，不及紅玉乃豪俠大智大勇，此人物層次之別，不可不知。該篇最大特色乃在語言乾淨利落，通篇幾乎全用短句，鏗鏘作鳴。篇中更有描寫細膩傳神處，如開篇寫紅玉與馮生相會一段：「一夜，相如坐月下，忽見鄰女自牆上來窺。視之，美，近之，微笑。招以手，不來亦不去。固請之，乃梯而過，遂共寢處。」再如宋氏奪妻一段：「宋氏官御史，坐行賕免。居林下，大煽威虐。是日亦上墓歸，見女，豔之。問村人，知為生配。料馮貧士，誘以重賂，冀可搖，使家人風示之。生驟聞，怒形於色；既思勢不敵，斂怒為笑，歸告翁。大怒，奔出，對其家人，指天畫地，詬罵萬端。家人鼠竄而去。宋氏亦怒，竟遣數人入生家，毆翁及子，洶若沸鼎。女聞之，棄兒於床，披髮號救。群簨舁之，闐然便去。」在這風馳電掣般的情節運行過程中，馮父、馮生、馮妻乃至宋氏之性格均躍然紙上。然而，全篇神態描寫之最佳者，乃在馮生之子福兒重見乃父時之寥寥數筆：「兒牽女衣，目灼灼視生。」「兒在女懷，如依其母，竟不復能識其父矣。」

6. 《商三官》

商三官之奇，先在言語之奇。「焉有父屍未寒而行吉禮，彼獨無父母乎？」使求婚之婿慚。「天將為汝兄弟專生一閻羅包老耶？」使欲停父屍再告狀之二兄服。其次，奇在行蹤詭秘。父葬而後三官夜遁，又女扮男裝殺仇人。該篇寫作亦巧甚，三官先聲奪人，而後突然宵遁，繼而以戲子身份出現，繼而媚為男寵，令人莫測高深。尤以殺人一段精彩，全從豪門奴僕耳中聽來，而讀者自可想像三官之情狀。總之，三官行事，如電石火花，稍縱即逝；作者之筆亦如兔起鶻落，瞬間變化也。

7. 《羅剎海市》

「花面逢迎，世情如鬼。嗜痂之癖，舉世一轍。」此聊齋先生異史氏曰也，老話頭，論者亦多言之。然此篇前半諷刺，後半則寫情。諷刺自辛辣，寫情自甘醇。龍女不同於古之龍女，亦不同於其他花妖狐媚，情、禮周到，是賢而有情之婦人也。該篇之寫人情，別具風味。人情不壞，只是黑白顛倒，此乃傳統使然，亦乃民族劣根性也。大羅剎國，即大清朝，即大明、大元、大宋、大唐、大漢也。黑白分明的時代自古或有之，只是太少。

8. 《田七郎》

田七郎，古之烈士也。非一般俠義之士，更非一般刺客也。其烈性在一縷本真之情。未受人大恩前，絕不受人小恩，受之，則急欲報之。既受人大恩，則對小恩無所謂，是大恩不報，報則以身之心念已定矣。此中有其母教誨，亦乃七郎本性使然。七郎聽母之言，非一般孝順，其母亦非一般「母親」概念，而是道德之「母」、倫理之「母」，是傳統觀念之化身，傳統中國人民內心深處倫理道德之化身。然生於現實之中，時時處處、事事處處有此一「母親」化身在，活得實在太累、實在太煩，實在太沒趣。倒不如生性如水，四處奔流，常自在而長自在也。《田七郎》節烈動人，然此節烈亦悶人，正在此。

9. 《公孫九娘》

是篇開頭交待背景，令人怵目驚心。「碧血滿地，白骨撐天」八字，尤為恐怖，慘絕！寫鬼魂朱生一段，頗具狂生氣質。鬼甥女見生人一段，極具世情況味。九娘之詩，比李賀還「李賀」，真詩鬼也，真鬼詩也！最終，萊陽生負公孫九娘一段，更令人淒切，亦突兀而自然之筆。而此種出人意料而又在情理之中之筆調，亦見得蒲留仙真才子也，亦見得《聊齋誌異》別有之風度。《公孫九娘》全篇鬼氣，全篇冷色調、悲涼氣，讀之令人壓抑，誠所謂「青林黑塞」幽怨孤憤之氣所凝結矣。

10. 《促織》

開篇寫成名一段，忠厚憨實如畫。小小促織令殷實人家大亂，令人倒抽冷氣。請看：「成之子竊發盆視之，蟲徑躍去；及撲入手，已股落腹裂，斯須就斃。兒懼，啼告母。母聞之，面色灰死，大罵曰：『業根！死至矣！翁歸，自與汝復算耳！』未幾成入，聞妻言，如被冰雪。怒索兒，兒已投入井中。因而化怒為悲，搶呼欲絕。夫妻向隅，茅舍無煙，相對默然，不復聊賴。」此後，寫蟋蟀相鬥一段，亦真切有趣。該篇最終一派陞官發達，實乃蛇足，正是蒲氏羨豔功名富貴之庸俗處。不僅如此，該篇異史氏曰亦如是。前半竟將批判之鋒直指天子，且有教訓口吻。真乃大不敬，大有鯁骨。惜後半又陷入善有善報、長厚者得厚報之因果泥潭，庸俗不堪。然此亦不足為怪，惟其如此，方是蒲翁；惟是蒲翁，方能如此。

11. 《竇氏》

本篇兩竇氏：一竇氏乃妙齡女郎，綽約多情；一竇氏乃復仇厲鬼，心狠

手辣。本篇兩故事：一故事如山間野花，長空明月；一故事乃人間齟齬，鬼域猙獰。然而，兩竇氏實乃一竇氏，二故事亦乃一故事。是綽約少女變而成為猙獰厲鬼，明月春花變而成為鬼影憧憧。何以知之？南三復誠乃此變化之魔術師也，負心賊誠乃此變化之催化劑也。人間多竇氏，但願少變化而成厲鬼；世上多南某，但願多冤魂以追殺之。然南某必負竇氏，性格使然；竇氏亦必報南某，亦性格使然。此篇乃一大矛盾，此篇又純合天然；此篇前後對比，此篇又渾然無跡。噫！《竇氏》乃《聊齋》中獨出一格之佳篇也。

12.《顏氏》

此篇可作兩面觀。正面讀之，顏氏乃雌木蘭、女狀元之類，又與明末清初才子佳人小說同調，乃大力弘揚「女才」之作也。猶《紅樓夢》所云「金紫萬千誰治國，裙釵一二可齊家」也。非但齊家，顏氏直可治國矣。世人多從正面讀之。而從反面讀之，則顏氏乃《儒林外史》中魯小姐之先聲也。女子而為制藝，女子以制藝刁難老公，此乃顏、魯二人之相同者。所不同者，魯氏冀望於子，顏氏竟以身代。此作者一肚皮牢騷無處發洩，故藉此陰陽顛倒而「寄託」者也。其實，顏氏之丈夫有何不佳？風儀秀美，能雅謔，善尺牘，書法頗佳，又羞於襲閨銜，而以諸生自安，總之是一有德有才有修養有血氣之人，何以偏偏遭逢作者嘲笑？殊不知，此正聊齋先生之大弊病也。一輩子癡迷科舉，竟至借巾幗以吐鬚眉之惡氣。「寄託如此，亦足悲矣！」

13.《考弊司》

該篇若「生活流」，兩大板塊構成之。其一，聞人生為秀才伸冤。其二，聞人生入鬼妓院。兩片似乎意旨不相連貫，然細思之，則云斷山連也。文官，惡鬼也，如考弊司主；妓家，亦惡鬼也，如柳秋華母女也。是文官、妓女俱為惡鬼。司庠序之官，文昌帝君之儔，居然食秀才之臀肉；柳絲花朵之女子，因孔方兄故，竟然剝奪文人衣衫。鬼間之惡無過於此，人間之惡亦無過於此。而官即妓也，妓即官也，官與妓俱鬼魅也。是篇之主旨盡在於此。望人間多有閻羅者，敲此鬼魅之骨，抽此鬼魅之筋，如秀才、如聞人生輩，方可休養生息也！此乃作者之志，亦乃讀者之願矣！

14.《邵女》

本篇優而劣、劣而優者，優劣參半。所謂優，在情節曲折盡致，妒婦之妒，愈翻愈奇，慧妾之慧，亦愈來愈佳。讀之，引人入勝。更優者，乃在上半篇語言，真妙語聯珠，尤其是媒婆口吻，純然市井語言，讀之，如聞大珠小珠

落玉盤也。而作者以文言寫口語，真乃大手筆、大行家，他人之不及留仙處，此其關鍵也。該篇之劣，乃在鼓吹妻妾和順，尤其是妾於妻之逆來順受，進而鼓吹一夫多妻制之合理性。至若因果報應，更屬無稽之談。如此，該篇猶如鳳冠霞帔裝點老冬烘也，又如繡花枕頭而實之以秕糠也。談罷本篇優劣，還是來聽聽那落玉盤之大珠小珠吧：「媼利其有，諾之。登門，故與邵妻絮語。睹女，驚贊曰：『好個美姑姑！假到昭陽院，趙家姊妹何足數得！』又問：『婿家阿誰？』邵妻答：『尚未。』媼言：『若個娘子，何愁無王侯作貴客也。』邵妻歎曰：『王侯家所不敢望；只要個讀書種子，便是佳耳。我家小孽冤，翻覆遴選，十無一當，不解是何意向。』媼曰：『夫人勿須煩怨。恁個麗人，不知前身修何福澤，才能消受得。昨一大笑事：柴家郎君云：於某家塋邊，望見顏色，願以千金為聘。此非餓鴟作天鵝想耶？早被老身呵斥去矣！』邵妻微笑不答。媼曰：『便是秀才家，難與較計；若在別個，失尺而得丈，宜若可為矣。』邵妻復笑不言。媼撫掌曰：『果爾，則為老身計亦左矣。日蒙夫人愛，登堂便促膝賜漿酒；若得千金，出車馬，入樓閣，老身再到門，則閽者呵叱及之矣。』邵妻沉吟良久，起而去，與夫語；移時，喚其女；又移時，三人並出。邵妻笑曰：『婢於奇特，多少良匹悉不就，聞為賤隸則就之。但恐為儒林笑也！』媼曰：『倘入門，得一小哥子，大夫人便如何耶！』」

15.《梅女》

本篇頗為複雜，既有愛情，又有復仇。然細讀之，似乎仍以愛情為主。此所謂愛，非泛泛男女之情愛，而是含恩義於其中之愛。因此，此篇主旨，仍重在寫恩仇也。梅女有仇必雪，有恩必報，復仇之果決，報恩之執著，均乃女中丈夫之所為也。妙在此女並非脂粉金剛，身上並無陽剛之氣，反盡顯陰柔之美。觀其交線之戲，按摩之功，再生之舉，均極盡聰明慧麗，誠可謂俏麗智囊也。其偶封雲亭無特色，一道具耳，一木偶耳，一線索人物耳。甚至婚後離開丈人家，亦乃梅女之決斷也。悲夫！女清男濁，於此可見一斑。

16.《阿英》

本篇乃寫「情」之佳作，此情非止於男女之情，且不以愛情為主，有報恩之情，守諾之情，尤重在人間友情。觀秦吉了一薦佳偶，二覆恩人，均乃報恩之情。而鸚鵡阿英自上門嫁與婿，乃守諾之情，亦有愛情成分於其中。友情則阿英與嫂子之間更為真摯，觀其救嫂子於兵災之中一段，觀其哥哥不在便與嫂子相會一段，觀其為甘家眾女子易容一段，尤其是最終離去時所呼

號：「嫂嫂，別矣！吾怨珏也！」怨珏何為？珏與英強合而遭天譴，使英不能與嫂子會矣！真乃人間至情，超乎男女愛情多多也。

17. 《胡四娘》

人情冷暖，世態炎涼，《聊齋·胡四娘》之所謂也。篇中所寫之科場得意，乃中國古代最常見之情狀，亦乃蒲翁胸中一種遺憾，一種憧憬。程生即老蒲，乃夢中之老蒲也。想蒲氏平生，因科舉不利，受盡炎涼世態之折磨。胸中一股幽怨，特借程生以發洩也。而二娘、春香之勢利眼，世中多多，蒲氏恨不抉之以盡矣。故春香險些被抉雙目而「面血沾染」，實乃作者隱忍不住之表現。該篇最後描寫不必要，寫至程生高中，眾人奉承四娘，戛然而止可也。

18. 《宦娘》

《宦娘》，百年知音之寄託也，俞伯牙、鍾子期之後勁也。溫如春有二琴瑟和鳴，一於現實中，乃良工也，善箏而學之於宦娘，更工；一於虛無飄渺中，即宦娘也，善箏而欲工琴，學之於溫生，並工矣。人間知音之賞，無過溫如春，一明一暗，一陰一陽，天上人間，虛虛實實。本篇故事極佳，如山間清泉，純潔而發叮噹之聲，且曲曲折折，搖曳多姿。宦娘偶一露面，後均不見，然時時處處在書中，實實在在於溫生身邊也。最後露面，謎底揭開，真神龍不見首尾，極盡文章之妙。本篇之佳，又在最終無「蒲式」慣常一夫二妻結局，而是對小像而鼓琴以念宦娘。雖纏綿悱惻，然餘音嫋嫋，別有韻味。要之，情致高潔，乃此篇之骨。《聊齋》眾鬼狐中，宦娘最潔，亦最多情，是心愈潔而情愈濃也。

19. 《夢狼》

《夢狼》，寓言也。其要有二：一乃白甲訓弟：「弟日居衡茅，故不知仕途之關竅耳。黜陟之權，在上臺不在百姓。上臺喜便是好官；愛百姓，何術能令上臺喜也？」此乃千古「仕途經濟」之要訣。二乃百姓訓官：「四月間，甲解任，甫離境，即遭寇，甲傾裝以獻之。諸寇曰：『我等來，為一邑之民泄冤憤耳，寧專為此哉！』遂決其首。」這不是強盜邏輯，而是千古百姓之道理。總之是官有官道理，民有民道理。至若篇末異史氏曰：「竊歎天下之官虎而吏狼者，比比也。即官不為虎，而吏且將為狼，況有猛於虎者耶！」則更為一篇之骨，毋庸贅言。本篇寫法亦頗奇特，由現實而夢境，由夢境而現實，又現實恰與夢境相符。寫白甲死，先寫其死而復生，再寫其死之經過，復生之經過。

可謂曲曲折折，幻幻真真。本篇情節本不複雜，經過如此處理，效果極佳。可謂尺水興波瀾，寸土作雲霧也。

20. 《司文郎》

是篇正面寫可見中人，雖借二鬼，然均乃人世之幻化。觀其開首寫宋生與餘杭生爭鬥一段，乃場屋中常事。觀王生一再努力一段，亦乃場屋之常事。及至盲僧怒罵：「僕雖盲於目，而不盲於鼻，簾中人並鼻盲矣！」則是蒲氏及其同儕內心憤懣不平的大發洩。本篇寫宋生是鬼，不奇；寫盲僧亦是鬼，奇矣！而生人之文章生人不能評判、修正，直待二鬼評判之、修正之，是人不如鬼，人才不及鬼才。倘令全世界盡鬼才而無人才，人主豈不悲哉？鬼王豈不樂哉？鬼王樂而人主悲，乃塵寰之大悲也！

21. 《崔猛》

該篇寫崔猛、李申二人，一人一半。先寫崔猛，乃一豪俠之人耳！憑血性辦事，不顧後果，是張飛、李逵之流，豪則豪耳，亦粗矣。後半寫李申，一豪俠而兼精細之士也。知恩必報，有仇必雪，且工於心計，乃林沖、武松一類人物。一傳而寫二人，二人並能活現，作者筆下千鈞。且語言流暢，敘事通達，詳寫、略寫、實寫、虛寫、明寫、暗寫，種種手法相結合。更有甚者，一連數事，次第寫來，令人如行山陰道中，目不暇接。甚至埋伏筆，置懸念，尺水興波，戲中有戲，誠乃《聊齋》中寫豪俠之佳製也。

22. 《張鴻漸》

本篇非單純愛情之作，乃寫悲歡離合也。一官貪財，眾秀才告之，反令眾人或死，或被拘，或逃亡。若張鴻漸，惶惶如喪家之犬，急急似漏網之魚。至若與狐仙相愛一段，實乃插曲，是情節副線。然副線亦妙，妙在虛虛實實，真真假假，若隱若現，若即若離，與主線不黏不脫。就片斷而言，此篇有幾處尤為精彩。如開篇寫張妻方氏見識一段，如狐仙假作髮妻誆騙張鴻漸一段，均妙筆生花。尤其是張鴻漸逃難十年以後歸家與妻子相見一段，大得晏幾道詞「今宵剩把銀釭照，猶恐相逢是夢中」句意，真實如畫。

23. 《王子安》

《王子安》亦好篇，其好不在故事情節曲折，不在語言生動鮮明，而在於創造一似是而非之幻境。篇中王子安之夢境，乃窮措大之畢生追求，是雖夢而亦實也。王子安夢中所作所為，所思所想，種種醜態，均乃當時之正常

行為，不得以夢幻視之。篇末異史氏曰，正揭篇旨。秀才入闈，「七似」之說，為千古科場儒生寫照，亦乃千古小說作者痛心疾首之詞，又豈止一王子安哉？又豈止一聊齋先生哉？且看這七似：「秀才入闈，有七似焉：初入時，白足提籃，似丐。唱名時，官呵隸罵，似囚。其歸號舍也，孔孔伸頭，房房露腳，似秋末之冷蜂。其出場也，神情惝怳，天地異色，似出籠之病鳥。迨望報也，草木皆驚，夢想亦幻。時作一得志想，則頃刻而樓閣俱成；作一失志想，則瞬息而骸骨已朽。此際行坐難安，則似被縶之猱。忽然而飛騎傳人，報條無我，此時神色猝變，嗒然若死，則似餌毒之蠅，弄之亦不覺也。初失志，心灰意敗，大罵司衡無目，筆墨無靈，勢必舉案頭物而盡炬之；炬之不已，而碎踏之；踏之不已，而投之濁流。從此披髮入山，面向石壁，再有以且夫、嘗謂之文進我者，定當操戈逐之。無何，日漸遠，氣漸平，技又漸癢；遂似破卵之鳩，只得銜木營巢，從新另抱矣。如此情況，當局者痛哭欲死；而自旁觀者視之，其可笑孰甚焉。」

24. 《喬女》

《喬女》一篇，頗耐讀。其一，此女貌醜而德美，是美在內而不在外。世人但求表面而不及內裏者多，故如喬女者必被遺忘或棄置，然蒲翁及之，乃高明之士也。其二，孟生巨眼，識得喬女；喬女眼更巨，識得孟生之識己。二人瑜亮之間，乃天下之真知己、真情人也。如此情人，雖生不同衾，死亦不同穴，然意氣相投，精神早已合之矣。其三，知己之報有多種，如喬女之報，世間罕見。此一平常女子之行為，勝過聶政、荊軻，勝過朱家、郭解，勝過紅線、隱娘，亦勝過虬髯丈夫，直千古第一俠也。故此篇乃寫一「俠」字。

25. 《席方平》

《席方平》，名篇也。其所以有名，一在於狀寫出酷似人間之幽冥世界。城隍、郡司、冥王，即人間各級官吏也。二在於真實描摹各種酷刑，若笞，若火床，若鋸解，寫來逼真，想人間亦有類似酷刑。三在於寫小鬼心善，冥官性惡，亦似人間民善官惡。觀其寫小鬼鋸席方平之心而繞行，送絲帶使其二體相合，均鬼域之「人情」；而城隍之殘暴，郡司之塞責，冥王之兇險，又似人間之「鬼態」。至若二郎之判詞：「金光蓋地，因使閻摩殿上盡是陰霾；銅臭薰天，遂教枉死城中全無日月。餘腥猶能役鬼，大力直可通神。」可謂痛快淋漓之聲討鬼魅檄文，懲處惡官案牘，令人百讀不厭，繼而百感交集。人生在世，凡經貪官惡吏欺凌者，不可不讀二郎判詞，不可不讀《席方平》。讀之，可以

暫泄心頭之怨毒憤懣也！

26. 《胭脂》

《胭脂》乃公案小說，且為文言小說中之最佳公案。該篇之佳處乃在作者已明明白白寫出殺人兇手是誰，而讀者卻仍然有讀下去的興趣。之所以能產生這種閱讀效果，主要在於層層抽絲剝繭。由秋隼冤案引出宿介冤案，最終方引出真凶毛大。在寫犯罪嫌疑人的同時，作者尤其注重對審案官員的刻畫，所用方法則是層層映襯。邑宰只知用刑，屈打成招，自然造成低級冤案。吳南岱已知訊問再三，較之邑宰已高一籌，但又被自己的主觀臆斷所侷限，造成一種「高級」狀態的錯誤，同樣形成冤案。至施愚山，則更高一籌，不僅再三訊問，而且還有私下詢問，反覆推詳。當他看到此案的一些疑點之後，對犯罪嫌疑人的審問又完全憑著自己的智慧和耐心，沒有動用酷刑而使真相大白，這才是令人心悅誠服的斷案高手。全篇還妙在自始至終沒有神明、夢幻一類的描寫，而是純粹的推理破案，並且是在讀者完全知道案發過程和真正兇手的前提下有條不紊而又趣味盎然地敘說而來。如此佳篇妙文，非蒲翁大手筆不辦。該篇對出場的所有人物幾乎都有成功的描寫，因此，這篇公案小說在充分展示精彩的故事的同時，也向讀者展現了一系列鮮明生動的人物形象。如胭脂之聰慧美麗，王氏之輕佻善謔，毛大之卑鄙兇惡，宿介之放達狂狷，秋隼之靦腆柔弱，邑宰之輕率粗暴，吳公之執著任性，施公之細緻耐心，種種性格以及這些性格所導致的行為均畢現紙上。一篇四千字的文言小說，能寫出如此複雜的故事和如此成功的人物，留仙真仙才也。

27. 《黃英》

讀他篇如食鮮飫肥，讀《黃英》如咀英嚼華；讀他篇如黃鐘大呂，讀《黃英》如輕絲慢竹；讀他篇如長江大河，讀《黃英》如小溪幽澗。人淡如菊，菊淡如人，此乃蒲翁筆法之另一種也，亦乃蒲翁情調之另一端也。馬子才似雅實俗，黃英姐弟似俗實雅。大雅若俗，大俗實雅。對照描寫之成功運用，此篇奧妙之一。有錢無錢，有趣無趣，有酒無酒，有命無命，均乃一線之隔。作者偏於此一線中寫出絕大文章，此篇奧妙之二。重文而不輕商，寫商人而傾心歌頌，黃英姐弟乃儒商也，乃商之精靈、商之魂魄、商之神聖者也。此篇奧妙之三正在於是。有此三妙，誰謂此篇不佳？

28. 《王者》

《王者》，奇篇也！奇在王者神龍不見首尾，偶露東鱗西爪耳。《王者》，

妙篇也！妙在州佐失金，卻得聾者引路，是所謂「問道於盲」者也。《王者》，警篇也！警世之貪官污吏，不得再伸手也。《王者》，佳篇也！佳處全在不動聲色，旁敲側擊，而意味深長。是篇從唐人《紅線》中來，異史氏已明言。然則是篇從《西遊記》中來，異史氏卻未明言。想巡撫某與愛姬共寢，既醒，而姬之頭髮盡失，豈非《西遊記》中國王某之遭遇乎？人間多盜賊，各種喧鬧之地盜賊尤多，人人得而防範之。然此等賊乃小賊耳！大盜賊人不易見，見之亦不識。因其在廟堂之中，衙門之內，亦即篇中之巡撫某公之流矣。恨天下之「王者」少而「某公」多，「王者」不常見，而「某公」比比也！

29. 《嘉平公子》

此篇本無多大意義，乃一鬼娼與人間公子相戀事，然有兩點閃光。其一，公子知女子為鬼時，女鬼坦然曰：「誠然。顧君欲得美女子，妾亦欲得美丈夫，各遂其願足矣！人鬼何論焉？」真乃達觀之論。其二，公子寫白字多多，女曰：「有婿如此，不如為娼！」真乃絕大諷刺。有此亮點，此篇亦可不朽，亦可不論其餘。

30. 《苗生》

此篇人皆注目於苗生乃人虎有機結合，是固妙。然該篇之更妙者卻在諷刺科舉中人。眾腐儒先聯句，苗生勉力「從俗」，亦參與之。眾人又誦「闈中作」，苗生亦借與龔生豁拳而避之。及至眾人誦而不已，苗生大怒而厲聲斥責。眾人不聽，「益高吟」，苗生方「怒甚，伏地大吼，立化為虎，撲殺諸客，咆哮而去」。可見，苗生撲殺眾人，並非欲取其性命，亦非有宿怨，而是對其酸腐忍無可忍也。八股，場中物，苗生無法忍受，而千百人視若美桃花，香乳酪，窮經皓首，黃卷青燈，悲夫！該篇至苗生撲殺眾人而去，已了卻一切，後三年事蛇足也。寫苗生情狀，人、虎合一，固妙。然寫龔生更妙，寫眾腐儒尤妙。以一妙虎而撲殺眾「妙」人，妙不可言。

其實，上述第二部分中，也有不少作品中包含有「愛情」的成分，這裡只能是就其主導面而言之矣。

（原載《傳奇小說通論》，中州古籍出版社，2005 年 11 月出版）

郵傳借鑒寫聊齋
——試論蒲松齡「縱橫」取材的二度創作

　　《聊齋誌異》近五百篇作品，五百多個故事，並非全都是蒲松齡「原創」。其故事來源至少包括四個方面：親歷見聞，向壁虛構，郵筒相寄，借鑒前人。前兩類是所謂「原創」，但作品較少；後兩類嚴格而言應該是「二度創作」，但作品較多。而所謂「郵傳」者，橫向取材也；「借鑒」者，縱向取材也。本文主要討論的就是《聊齋誌異》中這種「縱橫」取材的「二度創作」問題。

一

　　相對於其他小說名著作者而言，蒲松齡的生平狀況明晰而又簡單。他是山東淄川縣人，19歲即以縣、府、道三試第一補博士弟子員，43歲補廩膳生，72歲補歲貢生。其間，31歲時曾隨同鄉孫蕙在寶應縣幫辦文牘，次年即辭幕歸家，從此在家鄉附近縉紳人家坐館授徒，達40年之久。

　　除了那一年的江蘇寶應之行外，蒲松齡的足跡沒有離開齊魯大地。如此一來，一個有趣的現象就凸顯出來：他的《聊齋誌異》難道僅僅寫家鄉（最多涉及寶應一帶）的故事嗎？但翻開《聊齋》一看，至少有五分之二的作品寫的不是家鄉或寶應一帶的故事，舉例如下。

　　《瞳人語》：「長安士方棟。」

　　《畫壁》：「江西孟龍潭，與朱孝廉客都中。」

　　《真定女》：「真定界，有孤女。」

《葉生》：「淮陽葉生者，失其名字。」

《新郎》：「江南梅孝廉耦長。」

《青鳳》：「太原耿氏，故大家，第宅弘闊。」

《畫皮》：「太原王生，早行。」

《賈兒》：「楚某翁，賈於外。」

《陸判》：「陵陽朱爾旦，字小明。」

《聶小倩》：「寧采臣，浙人。」

《張老相公》：「張老相公，晉人。」

《水莽草》：「水莽，毒草也。……誤食之，立死，即為水莽鬼。……楚中桃花江一帶，此鬼尤多。」

《造畜》：「揚州旅店中，有一人牽驢五頭。」

《鳳陽士人》：「鳳陽一士人，負笈遠遊。」

《珠兒》：「常州民李化，富有田產。」

《豬婆龍》：「豬婆龍，產於西江。」

《某公》：「陝右某公，辛丑進士。」

《俠女》：「顧生，金陵人。」

《阿寶》：「粵西孫子楚，名士也。」

《張誠》：「張常客豫，遂家焉。」

《汾州狐》：「汾州判朱公者，居廨多狐。」

《巧娘》：「廣東有縉紳傅氏，年六十餘。」

《吳令》：「吳令某公，忘其姓字。」

《紅玉》：「廣平馮翁有一子，字相如。」

《江中》：「王聖俞南遊，泊舟江心。」

《胡氏》：「直隸有巨家，欲延師。」

《蘇仙》：「高公明圖知郴州時，有民女蘇氏，浣衣於河。」

《黃九郎》：「何師參，字子蕭，齋於苕溪之東，門臨曠野。」

《夜叉國》：「交州徐姓，泛海為賈。」

《老饕》：「邢德，澤州人，綠林之傑也。」

《汪士秀》：「汪士秀，廬州人。……汪以故詣湖南，夜泊洞庭。」

《庚娘》：「金大用，中州舊家子也。……金攜家南竄，途遇少年。」

《宮夢弼》：「柳芳華，保定人。」

《李司鑑》：「李司鑑，永年舉人也。」

《五羖大夫》：「河津暢體元，字汝玉。」

《翩翩》：「羅子浮，邠人。」

《黑獸》：「某公在瀋陽，宴集山巔。」

《餘德》：「武昌尹圖南，有別第，嘗為一秀才稅居。」

《青梅》：「白下陳生，性磊落，不為畛畦。」

《羅剎海市》：「從人浮海，為颶風引去，數晝夜，至一都會。」

《田七郎》：「武承休，遼陽人。」

《保住》：「吳藩未叛時，嘗諭將士……」

《促織》：「有華陰令欲媚上官。」

《庫官》：「鄒平張華東公，奉旨祭南嶽。道出江淮間，將宿驛亭。」

《酆都御史》：「酆都縣外有洞，深不可測，相傳閻羅天子署。」

《續黃粱》：「福建曾孝廉，高捷南宮時，與二三新貴，遨遊郊郭。」

《龍取水》：「徐東癡南遊，泊舟江岸。」

《小獵犬》：「山右衛中堂為諸生時，厭冗擾，徙齋僧院。」

《棋鬼》：「揚州督同將軍梁公，解組鄉居。」

《辛十四娘》：「廣平馮生，正德間人。」

《白蓮教》：「白蓮教某者，山西人，忘其姓名。」

《蛙曲》：「王子巽言：『在都時，曾見一人作劇於市。』」

《鼠戲》：「又言：『一人在長安市上買鼠戲。』」

《酒狂》：「繆永定，江西拔貢生，素酗於酒。」

《趙城虎》：「趙城嫗，年七十餘，止一子。」

《章阿端》：「衛輝戚生，少年蘊藉，有氣敢任。」

《花姑子》：「安幼輿，陝之拔貢生。」

《西湖主》：「陳生弼教，字允明，燕人也。……泊舟洞庭。」

《長治女子》：「陳歡樂，潞之長治人。」

《義犬》：「潞安某甲，父陷獄將死。」

《鄱陽神》：「翟湛持，司理饒州，道經鄱陽湖。」

《黎氏》：「龍門謝中條者，佻達無行。」

《荷花三娘子》：「湖州宗湘若，士人也。」

《竇氏》：「南三復，晉陽世家也。」

《梁彥》：「徐州梁彥，患齁嗽，久而不已。」

《馬介甫》：「楊萬石，大名諸生也。」

《厙將軍》：「厙大有，字君實，漢中洋縣人。」

《河間生》：「河間某生，場中積麥穰如丘。」

《大力將軍》：「查伊璜，浙人。秦明飲野寺中。」

《顏氏》：「順天某生，家貧，值歲饑，從父之洛。」

《小謝》：「渭南姜部郎第，多鬼魅，常惑人。」

《吳門畫工》：「吳門畫工某，忘其名。」

《細侯》：「昌化滿生，設帳於餘杭。」

《美人首》：「諸商寓居京舍。」

《雷公》：「亳州民王從簡，其母坐家中。」

《菱角》：「胡大成，楚人。其母素奉佛。」

《考弊司》：「聞人生，河南人。抱病經日。」

《向杲》：「向杲字初旦，太原人。」

《聶政》：「懷慶潞王，有昏德。」

《冷生》：「平城冷生，少最鈍。」

《江城》：「臨江高蕃，少慧，儀容秀美。」

《八大王》：「臨洮馮生，蓋貴介裔而陵夷矣。」

《邵女》：「柴廷賓，太平人。妻金氏，不育，又奇妒。」

《梅女》：「封雲亭，太行人。偶至郡，晝臥寓屋。」

《郭秀才》：「東粵士人郭某，暮自友人歸，入山迷路。」

《阿英》：「甘玉，字璧人，廬陵人。」

《橘樹》：「陝西劉公，為興化令。」

《牛成章》：「牛成章，江西之布商也。」

《青娥》：「霍桓，字匡九，晉人也。」

《金姑夫》：「會稽有梅姑祠。」

《梓潼令》：「常進士大忠，太原人。候選在都。」

《胡四娘》：「程孝思，劍南人。」

《柳生》：「周生，順天宦裔也。」

《甄后》：「洛城劉仲堪，少鈍而淫於典籍。」

《宦娘》：「溫如春，秦之世家也。……客晉。」

《阿繡》：「海州劉子固，十五歲時，至蓋省其舅。」

《小翠》：「王太常，越人。……以縣令入為侍御。」

《商婦》：「天津商人某，將賈遠方。」

《閻羅妾》：「靜海邵生，家貧。」

《役鬼》：「山西楊醫，善針灸之術。」

《細柳》：「細柳娘，中都之士人女也。」

《男生子》：「福建總兵楊輔，有孿童，腹震動。」

《黃將軍》：「黃靖南得功微時，與二孝廉赴都。」

《夢狼》：「白翁，直隸人。長子甲，筮仕南服。」

《夜明》：「有賈客泛於南海。」

《夏雪》：「丁亥年七月初六日，蘇州大雪。」

《化男》：「蘇州木瀆鎮有民女夜坐庭中。」

《禽俠》：「天津某寺，鸛鳥巢於鴟尾。」

《鴻》：「天津弋人得一鴻。」

《象》：「粵中有獵獸者，挾矢如山。」

《周克昌》：「淮上貢士周天儀，年五旬，止一子，名克昌。」

《嫦娥》：「太原宗子美，從父遊學，流寓廣陵。」

《褚生》：「順天陳孝廉，十六七歲時，嘗從塾師讀於僧寺。」

《霍女》：「朱大興，彰德人。家富有而吝嗇已甚。」

《司文郎》：「平陽王子平，赴試北闈，賃居報國寺。」

《醜狐》：「穆生，長沙人。家清貧，冬無絮衣。」

《呂無病》：「洛陽孫公子，名麒，娶蔣太守女，甚相得。」

《錢卜巫》：「夏商，河間人。其父東陵，富豪侈汰。」

《姚安》：「姚安，臨洮人，美豐標。」

《崔猛》：「崔猛，字勿猛，建昌世家子。」

《鹿銜草》：「關外山中多鹿。」

《小棺》：「天津有舟人某。」

《陸押官》：「趙公，湖廣武陵人。」

《陳錫九》：「陳錫九，邳人。」

《於去惡》：「北平陶聖俞，名下士。」

《鳳仙》：「劉赤水，平樂人，少穎秀。」

《佟客》：「董生，徐州人。」

《愛奴》：「河間徐生，設教於恩。」

《孫必振》：「孫必振渡江，值大風雷。」

《元寶》：「廣東臨江山崖巉巖，常有元寶嵌石上。」

《研石》：「王仲超言：『洞庭君山間有石洞，高可容舟。』」

《武夷》：「武夷山有削壁千仞。」

《大鼠》：「萬曆間，宮中有鼠，大與貓等。」

《張不量》：「賈人某，至直隸界，忽大雨雹，伏禾中。」

《嶽神》：「揚州提同知，夜夢嶽神召之。」

《小梅》：「蒙陰王慕貞，世家子也。偶遊江浙，見媼哭於途。」

《績女》：「紹興有寡媼夜績。」

《紅毛氈》：「紅毛國，舊許與中國相貿易。」

《張鴻漸》：「張鴻漸，永平人。」

《金陵乙》：「金陵賣酒人某乙。」

《楊大洪》：「大洪楊先生漣，微時為楚名儒。」

《沅俗》：「李季霖攝篆沅江。」

《雲蘿公主》：「安大業，盧龍人。」

《鳥語》：「中州境有道士，募食鄉村。」

《天宮》：「郭生，京都人。」

《劉夫人》：「廉生者，彰德人。」

《真生》：「長安士人賈子龍，偶過鄰巷。」

《神女》：「米生者，閩人，傳者忘其名字、郡邑。」

《湘裙》：「晏仲，陝西延安人。」

《三生》：「湖南某，能記前生三世。」

《席方平》：「席方平，東安人。」

《素秋》：「俞慎，字謹庵，順天舊家子。赴試入都。」

《賈奉雉》：「賈奉雉，平涼人。」

《瑞雲》：「瑞雲，杭之名妓。」

《仇大娘》：「仇仲，晉人，忘其郡邑。」

《曹操冢》：「許城外有河水洶湧。」

《龍飛相公》：「安慶戴生，少薄行，無檢幅。」

《珊瑚》：「安生大成，重慶人。」

《五通》：「南有五通，猶北之有狐也。」

《申氏》：「涇河之側，有士人申氏者。」

《恒娘》：「洪大業，都中人。」

《黃英》：「馬子才，順天人。」

《書癡》：「彭城郎玉柱。」

《青蛙神》：「江漢之間，俗事蛙神最虔。」

《晚霞》：「五月五日，吳越間有鬥龍舟之戲。」

《白秋練》：「直隸有慕生，……從父至楚。」

《王者》：「湖南巡撫某公，遣州佐押解餉六十萬進京。」

《衢州三怪》：「張握仲從戎衢州，言……。」

《大蠍》：「明彭將軍宏，徵寇入蜀。」

《陳雲棲》：「真毓生，楚夷陵人。」

《織成》：「洞庭湖中，往往有水神借舟。」

《竹青》：「魚客，湖南人，忘其郡邑。」

《段氏》：「段瑞環，大名富翁也。」

《狐女》：「伊袞，九江人。」

《男妾》：「一官紳在揚州買妾。」

《汪可受》：「湖廣黃梅縣汪可受，能記三生。」

《牛犢》：「楚中一農人赴市歸，暫休於途。」

《樂仲》：「樂仲，西安人。」

《三仙》：「一士人赴試金陵，經宿遷。」

《大男》：「奚成列，成都士人也。」

《外國人》：「己巳秋，嶺南從外洋飄一巨艘來。」

《韋公子》：「韋公子，咸陽世家。」

《石清虛》：「邢雲飛，順天人。」

《曾友於》：「曾翁，昆陽故家也。」

《嘉平公子》：「嘉平某公子，鳳儀秀美。」

《二班》：「殷元禮，雲南人，善針灸之術。」

《苗生》：「龔生，岷州人，赴試西安。」

《毛大福》：「太行毛大福，瘍醫也。」

《田子成》：「江寧田子成，過洞庭，舟覆而沒。」

《王桂庵》：「王樨，字桂庵，大名世家子。適南遊，泊舟江岸。」

《寄生》：「寄生字王孫，……父桂庵有妹二娘。」

《土化兔》：「靖逆侯張勇鎮蘭州時。」

《姬生》：「南陽鄂氏，患狐。」

《公孫夏》：「保定有國學生某。」

《桓侯》：「荊州彭好士，友佳飲歸。」

《粉蝶》：「陽曰旦，瓊州士人也。」

《太原獄》：「太原有民家，姑婦皆寡。」

《浙東生》：「浙東生房某，客於陝。」

上述這些故事的素材從哪裏來？其實，蒲松齡在《聊齋自志》中早已交代清楚：「才非干寶，雅愛搜神；情類黃州，喜人談鬼。聞則命筆，遂以成編。久之，四方同人，又以郵筒相寄，因而物以好聚，所積益夥。」

筆者重新閱讀了上面所引的近二百篇作品，有的簡短，有的曼長，有的粗略，有的細膩。但無論如何，應該都是橫向取材於「郵筒相寄」的結果。其中，那些簡短粗略的篇什，可視為蒲松齡照單收錄，談不上創作。而那些曼長細膩者，則應該是蒲翁的二度創作。

二

除了利用同人「郵筒相寄」的素材或半成品進行二度創作外。蒲松齡還有一個「套路」，就是縱向取材──借鑒前人作品來寫《聊齋》，從魏晉南北朝到明代的志怪、傳奇、雜記、雜傳都有。有時甚至綜合數篇前人作品而進行集腋成裘、推陳出新的二度創作。舉例如下：

《考城隍》──明・瞿祐《修文舍人傳》、明・李昌祺《泰山御史傳》。

《瞳人語》──明・沈德符《萬曆野獲編・奇疾》。

《畫壁》──唐・戴孚《廣異記・朱敖》、唐李玫《纂異記・劉景復》。

《宅妖》──晉・干寶《搜神記・鼠婦》、唐戴孚《廣異記・畢航》。

《偷桃》──唐・皇甫氏《原化記・嘉興繩技》。

《種梨》──晉・干寶《搜神記・徐光》。

《勞山道士》──晉・葛洪《神仙傳・欒巴》、唐・張讀《宣室志・王先生》、唐・柳祥《瀟湘錄・襄陽老叟》、五代・杜光庭《神仙感遇傳・王子芝》、

明‧馮夢龍《古今談概‧紙月取月留月》。

《長清僧》——唐‧張鷟《朝野僉載》片段。

《蛇人》——唐‧戴孚《廣異記‧擔生》。

《犬姦》——唐‧李隱《瀟湘錄‧杜休己》。

《狐嫁女》——唐‧李復言《續玄怪錄‧張庾》。

《妖術》——明‧周玄暐《涇林續記》片段。

《狐入瓶》——晉‧干寶《搜神記‧韓友皮囊收狐》、明‧周玄暐《涇林續記》片段。

《葉生》——唐‧陳玄祐《離魂記》。

《青鳳》——唐‧薛漁思《河東記‧申屠澄》、唐‧李隱《瀟湘錄‧焦封》、皇甫枚《三水小牘‧游氏子》。

《畫皮》——南朝宋‧劉敬叔《異苑》片段、唐‧薛用弱《集異記‧崔韜》、唐‧陳劭《通幽記‧李咸》、唐‧張讀《宣室志‧江南吳生》、明‧馮夢龍《古今談概‧鬼張》。

《㸌石》——晉‧葛洪《神仙傳‧焦先》。

《廟鬼》——晉‧魚豢《三國典略‧崔子武》、明‧李昌祺《剪燈餘話‧江廟泥神記》、明‧陸粲《說聽》片段。

《陸判》——南朝宋‧劉義慶《幽明錄‧賈弼之》、唐‧薛用弱《集異記‧衛庭訓》、唐‧皇甫氏《原化記‧劉氏子妻》。

《聶小倩》——唐‧陳翰《異聞集‧獨孤穆》。

《造畜》——唐‧薛漁思《河東記‧板橋三娘子》。

《鳳陽士人》——唐‧白行簡《三夢記》、唐‧李玫《纂異記‧張生》、唐‧薛漁思《河東記‧獨孤遐叔》。

《俠女》——唐‧李肇《國史補》片段、唐‧崔蠡《義激》、唐‧皇甫氏《原化記‧崔慎思》、唐‧薛用弱《集異記‧賈人妻》、宋‧佚名《文叔遇俠》。

《蓮香》——唐‧包謂《會昌解頤錄‧劉立》。

《阿寶》——唐‧牛嶠《靈怪錄‧鄭生》。

《九山王》——唐‧皇甫枚《三水小牘‧侯元》、明‧祝允明《野記》片段。

《蟄龍》——明‧馮夢龍《古今談概》片段。

《蘇仙》——晉·葛洪《洞神傳·蘇仙公》、唐·李隱《大唐奇事記·冉遂》。

《連瑣》——唐·釋道世《徐玄方女》。

《夜叉國》——宋·洪邁《夷堅志甲志·島上婦人》、《夷堅志補·猩猩八郎》。

《老饕》——明·宋懋澄《九籥別集·劉東山》。

《小二》——唐·張讀《宣室志·俞叟》。

《宮夢弼》——明·周玄暐《涇林續記》片段。

《鴝鵒》——南朝宋·劉義慶《幽明錄·晉司空》。

《翩翩》——晉·干寶《搜神記·劉晨阮肇》。

《黑獸》——明·佚名《雲間雜誌》片段。

《保住》——唐·康駢《劇談錄·田膨郎》。

《促織》——明·呂毖《明朝小史·駿馬易蟲》、明·沈德符《萬曆野獲編·鬥物》。

《妾擊賊》——五代·王仁裕《玉堂閒話·王宰》。

《姊妹易嫁》——宋·錢易《南部新書》片段。

《續黃粱》——南朝宋·劉義慶《幽明錄·楊林》、唐·沈既濟《枕中記》、唐·陳翰《異聞集·櫻桃青衣》、宋·洪邁《容齋四筆·西極化人》。

《小獵犬》——宋·洪邁《夷堅志支丁·盛八總幹》、《夷堅志支癸·光州兵馬蟲》。

《雙燈》——宋·陳元靚《歲時廣記·引蕙畞拾英集》、明·徐應秋《玉芝堂談薈·御溝紅葉》、明·瞿祐《剪燈新話·牡丹燈記》。

《蛙曲》——元·陶宗儀《南村輟耕錄·禽戲》。

《趙城虎》——元·佚名《夷堅續志補遺·執符追虎》、明·馮夢龍《古今談概·杖虎》。

《酒蟲》——宋·洪邁《夷堅志丁志·酒蟲》、宋·范正敏《遁齋閒覽·嗜酒》。

《西湖主》——唐·李朝威《柳毅傳》、唐·裴鉶《傳奇·張無頗》。

《獅子》——元·陶宗儀《南村輟耕錄·帝廷神獸》。

《蓮花公主》——唐·李公佐《南柯太守傳》。

《黎氏》——唐·戴孚《廣異記·冀州刺史子》。

《彭海秋》——唐·張讀《宣室志·楊居士》。

《竇氏》——宋·王明清《投轄錄·玉條脫》。

《蕙芳》——晉·干寶《搜神記·弦超》、晉·陶潛《搜神後記·白水素女》、唐·皇甫氏《原化記·吳堪》。

《大人》——宋·洪邁《夷堅志乙志·長人國》、宋·邵伯溫《河南邵氏見聞錄》片段。

《向杲》——唐·李復言《續玄怪錄·張逢》、唐·皇甫氏《原化記·南陽士人》。

《江城》——明·謝肇淛《五雜俎》片段。

《八大王》——唐·薛漁思《河東記·韋丹》。

《郭秀才》——唐·張讀《宣室志·梁璟》。

《阿英》——唐·牛僧孺《玄怪錄·柳歸舜》。

《胡四娘》——唐·蘇鶚《杜陽雜編·芸輝堂》、明·周容《鵝籠夫人傳》。

《柳生》——唐·李復言《續玄怪錄·定婚店》。

《阿繡》——南朝宋·劉義慶《幽明錄·賣胡粉女子》、明·馮夢龍《情史類略·扇肆女》。

《小翠》——宋·洪邁《夷堅志補·崇仁吳四娘》。

《禽俠》——宋·洪邁《夷堅志甲志·義鶻》。

《象》——唐·戴孚《廣異記·安南獵者》、唐·牛肅《紀聞·淮南獵者》。

《鹿銜草》——南朝宋·王延秀《感應經·蛇銜草》、唐·段成式《酉陽雜俎·草篇》。

《天宮》——唐·段成式《酉陽雜俎·張和》、宋·王明清《投轄錄·章丞相》。

《席方平》——唐·戴孚《廣異記·崔敏殼》。

《賈奉雉》——晉·葛洪《神仙傳·呂文敬》、唐·皇甫氏《原化記·採藥民》、唐·薛用弱《集異記·李清》。

《胭脂》——五代·王仁裕《玉堂閒話·劉崇龜》、明·陳洪謨《治世餘聞錄》片段、明·祝允明《野記》片段、明·馮夢龍《情史類略·張藎》、明·黃瑜《雙槐歲鈔·陳御史斷獄》。

《曹操冢》——元・陶宗儀《南村輟耕錄・疑冢》。

《五通》——宋・洪邁《夷堅志支癸・獨腳五通》

《王者》——明・陳玄暐《涇林續記》片段。

《織成》——唐・李朝威《柳毅》。

《杜小雷》——元・佚名《夷堅續志前集・事姑不孝》。

《人妖》——明・謝肇淛《五雜組》片段。

關於這方面的情形，蒲氏《聊齋自志》也有交代：「集腋為裘，妄續幽明之錄；浮白載筆，僅成孤憤之書。寄託如此，亦足悲矣！」

三

以上兩組材料充分說明，《聊齋誌異》中一半以上的作品屬於這種「縱橫」取材的二度創作。問題在於，二度創作與原創有什麼區別？《聊齋誌異》中的二度創作體現了什麼樣的藝術規律和經驗？況且，具體到每一篇作品，其二度創作方面的經驗和教訓自有其獨特性。如此複雜的問題，一篇短短的論文肯定承擔不起，恐怕得一組系列文章比較充分地論證之。這裡，僅以作品數篇為例，做一初步探索。

我們先看明顯的題材轉移的例子。《瞳人語》一篇寫長安方棟喜歡窺視美女，結果受到懲罰，被丫鬟撒了一臉沙土，回家後患上怪病：

> 睛上生小翳，經宿益劇，淚簌簌不得止；翳漸大，數日厚如錢；右睛起旋螺。百藥無效，懊悶欲絕，頗思自懺悔。……忽聞左目中小語如蠅，曰：「黑漆似，巨耐殺人！」右目中應云：「可同小遨遊，出此悶氣。」漸覺兩鼻中，蠕蠕作癢，似有物出，離孔而去。久之乃返，復自鼻入眶中。……見有小人，自生鼻內出，大不及豆，營營然竟出門去。漸遠，遂迷所在。俄，連臂歸，飛上面，如蜂蟻之投穴者。如此二三日。又聞左言曰：「隧道迂，還往甚非所便，不如自啟門。」右應云：「我壁子厚，大不易。」左曰：「我試闢，得與而俱。」遂覺左眶內隱似抓裂。有頃，開視，豁見幾物。喜告妻。妻審之，則脂膜破小竅，黑睛熒熒，才如劈椒。越一宿，幛盡消。細視，竟重瞳也。但右目旋螺如故。乃知兩瞳人合居一眶矣。

此則本事，專家們認為來自《萬曆野獲編・奇疾》，然該篇敘事頗為簡潔：

以余親所聞見，則有如穆吏部深者，山東濟南人，壬辰進士，罷官里居，忽患異疾，耳中時聞車馬之聲，則疾大作。一日聞耳內議曰：「今日且遨遊郊坰。」即有裝馱驅馬鱗次而出，其恙頓除。至晚復聞遊者回鑣盡返耳中，則所苦如故。吏部公屢治不瘥，一日忽洗然若失。又蘇州吳江縣沈參戎名璟者行三，……署中有樹大庇數畝，掩映不見天日，沈憎之，欲伐去。其下力諫，謂此木且千年，有神司之，除翦必及禍。沈怒不聽，乍施斧，共見巨蟒長數丈，蜿蜒入其鼻中，因發狂顛倒，不能理事。

後一則故事中的沈某人，雖然在貌似關公的天神的庇護下解除了病痛，但已經被折磨得幾乎傾家蕩產了。

對於這個故事的情節轉移，聶石樵先生在《〈聊齋誌異〉本事旁證》一文中曾做過評說：「《野獲編》所記，只取其病之奇。蒲松齡則改耳疾、鼻疾為眼疾，並推演其情節，作為對輕薄兒的懲罰。」聶先生說了兩點，一是故事的具體情節轉移，「改耳疾、鼻疾為眼疾」。這一點至為表面化，無需多言。二是「作為對輕薄兒的懲罰」，這一點來自蒲松齡在《瞳人語》後面的異史氏曰：「鄉有士人，偕二友於途，遙見少婦控驢出其前，戲而吟曰：『有美人兮！』顧二友曰：『驅之！』相與笑騁。俄追及，乃其子婦。心赧氣喪，默不復語。友偽為不知也者，評騭殊褻。士人忸怩，吃吃而言曰：『此長男婦也。』各隱笑而罷。輕薄者往往自侮，良可笑也。至於眯目失明，又鬼神之慘報矣。」

然而，聶先生尚有一點忽視了：故事發生地的轉移。《萬曆野獲編》中的兩則故事，發生地一為濟南，一為蘇州，在《聊齋誌異》中卻被改為長安。尤其值得玩味的是蒲松齡就生活在濟南附近的淄川，那他為什麼要將濟南發生的故事「扣」到長安人頭上？最合理的解釋是，這個「瞳人語」的故事很有可能就是長安那邊的同人「郵筒相寄」的。因此，《瞳人語》是「借鑒前人」和「郵筒相寄」的「縱橫」兩者相結合的「二度創作」，只不過是創作層次較「淺」的題材轉移而已。

諸如此類的淺層次的或「縱」或「橫」或「縱橫交錯」的二度創作，在《聊齋誌異》中還有不少，如《真定女》《張老相公》《豬婆龍》《某公》《汾州狐》《吳令》《江中》《李司鑒》《五羖大夫》《庫官》《龍取水》《鼠戲》《義犬》《鄱陽神》《梁彥》《庫將軍》《河間生》《美人首》《雷公》《冷生》《橘樹》《金

姑夫》《梓潼令》《商婦》《閻羅妾》《役鬼》《男生子》《黃將軍》《夜明》《夏雪》《化男》《鴻》《小棺》《孫必振》《元寶》《研石》《武夷》《大鼠》《張不量》《嶽神》《紅毛氈》《沅俗》《衢州三怪》《大蠍》《男妾》《牛犢》《外國人》《土化兔》《宅妖》《犬姦》《狐入瓶》《酕石》《廟鬼》《蟄龍》《酒蟲》《獅子》《禽俠》《杜小雷》《造畜》《蛙曲》《象》《鹿銜草》《曹操冢》等均可為例。

四

　　如果《聊齋誌異》的「二度創作」盡是這種層次較淺的「題材轉移」篇章，那麼，「聊齋」將不成其為「聊齋」，「蒲翁」也將不成其為「蒲翁」。在這部號稱「短篇小說之王」的傳奇志怪集中，還有大量創作力度較大的名篇佳作。

　　且以《畫皮》為例，該篇故事的源頭不止一個，如劉敬叔《異苑》：

　　　　晉太元末，徐桓以太元中出門，彷彿見一女子，因言曲相調，便
　　要桓入草中。桓悅其色，乃隨去，女子忽然變成虎，負桓著背上，
　　徑向深山。其家左右尋覓，惟見虎跡，旬日，虎送桓下著門外。

寫虎化女子而迷人的故事，但「虎」並沒有「畫皮」情節。故事提供的元素主要是「調情遇險」，這在《畫皮》中發展為：「太原王生早行，遇一女郎，抱襆獨奔，甚艱於步。急走趁之，乃二八姝麗。心相愛樂。問：『何夙夜踽踽獨行？』女曰：『行道之人，不能解愁憂，何勞相問。』生曰：『卿何愁憂？或可效力，不辭也。』」書生見女子便居心不良地主動搭訕，並「樂於助人」，其結果極有可能是一場災難。如果從藝術描寫的角度看，《聊齋》比《異苑》細膩得多。《異苑》中「言曲相調」四字，只能算「敘述」而談不上「描寫」。而《聊齋》中的那段對話卻是非常符合王生和「美女」當時所處的環境和所具有的心態的，並且很有描寫的層次感。

　　同題材故事中，「虎」與「皮」相關聯見薛用弱《集異記‧崔韜》篇，但這裡仍然寫的是「虎」而不是「鬼」：

　　　　崔韜，蒲州人也。……至二更，展衾方欲就寢，忽見館門有一
　　大足如獸，俄然其門豁開，見一虎自門而入。韜驚走，於暗處潛伏
　　視之，見獸於中庭，脫去獸皮，見一女子，奇麗嚴飾，升廳而上，
　　乃就韜衾，出問之曰：「何故宿余衾而寢？韜適見汝為獸入來，何
　　也？」女子起謂韜曰：「願君子無所怪，妾父兄以畋獵為事，家貧，

欲求良匹，無從自達，乃夜潛將虎皮為衣。知君子宿於是館，故欲
託身，以備灑掃。前後賓旅，皆自怖而殞。妾今夜幸逢達人，願察
斯志。」韜曰：「誠如此意，願奉歡好。」……後韜明經擢第，任宣
城。……妻乃下階，將獸皮衣著之，才畢，乃化為虎，跳躑哮吼，
奮而上廳，食子及韜而去。

《畫皮》中，與《崔韜》篇對應的描寫是：「見一獰鬼，面翠色，齒巉巉如
鋸。鋪人皮於榻上，執彩筆而繪之；已而擲筆，舉皮，如振衣狀，披於身，遂
化為女子。」兩相比較，除了「虎」與「鬼」的變化而外，還有兩點區別。一
是「虎女」「鬼女」均有「著皮如穿衣」的情節，但是「鬼女」更多「畫皮」
舉動，且「連動式」著皮如穿衣，更為生動。二是女子撒謊的水平不一樣，
「虎女」謊言明顯荒唐不經，而「鬼女」偽裝「去婦」更合情理。在那樣的時
代，貧女奉父兄之命客棧自薦，並且披著虎皮考驗男人是否「曠達」，簡直是
天方夜譚。而《畫皮》中美女自謂：「父母貪賂，鬻妾朱門。嫡妒甚，朝詈而
夕楚辱之，所弗堪也，將遠遁耳。」謊言編得合情合理，因為嫡妻妒忌美
妾，在當時富貴人家就是一種常態。《水滸傳》中金翠蓮即如此：「此間有個
財主，叫做鎮關西鄭大官人，因見奴家，便使強媒硬保，要奴作妾。誰想寫了
三千貫文書，虛錢實契，要了奴家身體。未及三個月，他家大娘子好生利
害，將奴趕打出來，不容完聚。」（第三回）《金瓶梅》中潘金蓮亦乃如此：「張
大戶每要收他，只礙主家婆利害，不得到手。一日，主家婆鄰家赴席，不在。
大戶暗把金蓮喚至房中，遂收用了。……主家婆頗知其事，與大戶嚷罵了數
日，將金蓮百般苦打。大戶知道不容，卻賭氣倒賠了房奩，要尋嫁得一個相
應的人家。」（第一回）

這個故事系列中由「虎」而「鬼」的變化最早在唐人傳奇中留下標本：

太原王容與姨弟趙郡李咸，居相衛間。永泰中，有故之荊
襄。……三更後，……忽見廚屏間有一婦人窺覦，去而復還者再
三。須臾出半身，綠裙紅衫，素顏奪目。時又竊見李生起坐，招手
以挑之。王生謂李昔日有契，又必謂婦人是驛吏之妻，王生乃佯寐
以窺其變。俄而李子起就婦人，相執於屏間，語切切然。……既入
食頃，王生自度曰：「我往襲之，必同私狎。」乃持所臥枕往，潛欲
驚之。比至入簾，正見李生臥於床，而婦人以披帛絞李之頸，咯咯
然垂死。婦人白面，長三尺餘，不見面目，下按悉力以勒之。王生

> 倉卒驚叫，因以枕投之，不中，婦人遂走。王生乘勢奔逐，直入西北隅廚屋中。據床坐，頭及屋樑，久之方滅。童隸聞呼聲悉起，見李生斃，七竅流血，猶心稍煖耳。方為招魂將養，及明而蘇。（《通幽錄》）

非常巧的是，這篇作品主人公之一的「太原王生」恰與《畫皮》的開頭吻合，只不過「王生」乃「旁觀者」，遭遇女鬼的是其表弟「李生」而已。蒲松齡移「李」作「王」，但還是留下「太原」痕跡。另一種可能性是，這故事原本就是「太原」的「同人」郵筒相寄的，縱橫取材在這裡又一次疊加。

　　在唐人傳奇的另一個版本中，讓書生遭殃的不是女鬼，而是夜叉，並且由豔遇變成納妾。這就與《畫皮》中的「生代攜樸物，導與同歸」更為接近了。

> 有吳生者，江南人。嘗遊會稽，娶一劉氏為妾。……其後忽曠烈自恃不可禁，往往有逆意者，即發怒。毆其婢僕，或齧其肌血且甚，而怒不可解。……有縣吏，以一鹿獻，吳生命致於庭。已而吳生始言將遠適，既出門，即匿身潛伺之。見劉氏散髮袒肱，目眥盡裂，狀貌頓異，立庭中，左手執鹿，右手拔其脾而食之。吳生大懼，仆地不能起。久之，乃召吏卒十數輩，持兵仗而入。劉氏見吳生來，盡去襦袖，挺然立庭，乃一夜叉耳。目若電光，齒如戟刃，筋骨盤蹙，身盡青色，吏卒俱戰慄不敢近。而夜叉四顧，若有所懼。僅食頃，忽東向而走，其勢甚疾，竟不如所在。（《宣室志》）

這裡，人妖之間的夫妾關係，仍與蒲松齡筆下所寫「使匿密室，過數日而人不知」有所區別，但已經有了「匿身潛伺」的曲折性。蒲翁為了增加故事的神秘性和恐怖性，在「藏嬌」二字上狠下工夫。殊不知，這種求妾未得而藏美女的做法在明代文言小說《古今談概》中也有描寫。

> 弘治中，高郵張指揮無嗣，求妾未得。偶出湖上，見敗船板載一女甚麗，波浮而來。問之，曰：「妾，某邑人。舟覆，一家皆沒。妾賴板得存，幸救我。」張援得之，甚寵愛。逾年生子。女櫛沐必掩戶。一日婢從隙窺之，見女取頭置膝上綰結，加簪珥，始加於頸。大驚，密以啟張。張未信。他日張覘之，果然。知為妖，排戶入斬之，乃一敗船板耳。子已數歲，無他異，後襲職。至今稱「鬼張指揮」云。

這段故事，除妖魅的本來面目是船板這一點有些想入非非而外，更加重視「藏嬌」的神秘性。雖沒有明確是「外室」，但顯然有「外妾」的意味。到了《畫皮》，蒲翁乾脆就寫成「偷偷包養」式了。

> 女顧室無人，問：「君何無家口？」答云：「齋耳。」女曰：「此所良佳。如憐妾而活之，須秘密，勿泄。」生諾之。乃與寢合。使匿密室，過數日而人不知也。

這種方式，古人叫「外室婦」，今天叫「包二奶」。《水滸傳》中的金翠蓮，後來到了代州雁門縣，給趙員外做了「外宅」。她父親說：「與老漢女兒做媒，結交此間一個大財主趙員外，養做外宅。」（第四回）趙員外「包二奶」在當時已不足為奇，元代甚至有養外宅的和尚。朱德潤《存復齋文集》卷十有《外宅婦》一詩，此篇又為顧嗣立《元詩選初集》卷四十六所錄，略謂：

> 外宅婦，十人見者九人慕。綠鬢輕盈珠翠妝，金釧紅裳肌體素。貧人偷眼不敢看，問是誰家好宅眷。聘來不識拜姑嫜，逐日綺筵歌宛轉。人云本是小家兒，前年嫁作僧人妻。……小女嫁僧今兩秋，金珠翠玉堆滿頭。又有肥膻充口腹，我家破屋改作樓。外宅婦，莫嗔妒，廉官兒女冬衣布。

其實，養外室之風，自古有之，不過元明以降愈演愈烈，以至於通俗小說中反覆描寫而已。《水滸傳》中，閻婆惜也是宋江的外室：「就在縣西巷內，討了一所樓房，置辦些家火什物，安頓了閻婆惜娘兒兩個那裡居住。」（第二十一回）《西遊記》中的牛魔王更過分，乾脆有了外妾忘了本妻：「大力王乃羅剎女丈夫。他這向撇了羅剎，現在積雷山摩雲洞。有個萬歲狐王。那狐王死了，遺下一個女兒，叫做玉面公主。那公主有百萬家私，無人掌管；二年前，訪著牛魔王神通廣大，情願倒陪家私，招贅為夫。那牛王棄了羅剎，久不回顧。」（第六十回）

由上可見，蒲松齡在文言小說中描寫妖精魔鬼披著「人」皮而欺騙男子的基礎上，又從通俗小說中吸收了「嫡妻妒妾」和「包養外宅」兩個世俗化的生活範型滲入《畫皮》之中，以增強這篇作品的真實性和可讀性。然而，事情還沒完。在情節進一步推移過程中，蒲翁又將「木劍除妖」「葫蘆收魔」「乞丐邋遢」「嘔吐珍寶」四種範型從前人作品中信手拈來，讓《畫皮》的情節具有獨特的刺激性和新穎的趣味性。

先看「木劍除妖」範型，佛教經典記載：「湖南祇林和尚，每叱文殊普賢

皆為精魅。手持木劍，自謂降魔。」(《五燈會元》卷四)相近似的描寫在通俗小說中也屢屢出現，聊舉一例：「雲中子笑曰：『千年老狐，豈足當吾寶劍！只此足矣。』童兒取松枝與雲中子，削成木劍。」(《封神演義》第五回)《畫皮》在此基礎上，敘寫更為精彩：

> 道士曰：「即是物矣。」遂與俱往。仗木劍，立庭心，呼曰：「孽魅！償我拂子來！」嫗在室，惶遽無色，出門欲遁。道士逐擊之。嫗僕，人皮劃然而脫；化為厲鬼，臥嗥如豬。道士以木劍梟其首；身變作濃煙，匝地作堆。道士出一葫蘆，拔其塞，置煙中，颼颼然如口吸氣，瞬息煙盡。道士塞口入囊。

這段描寫的後半段，已由「木劍除妖」轉入「葫蘆收魔」範型了。這方面，蒲松齡也有所借鑒。最早寫這種將妖魅裝入容器的故事出現在《搜神記》：

> 韓友字景先，廬江舒人也。善占卜，亦行京房厭勝之術。劉世則女病魅積年，巫為攻禱，伐空冢故城間，得狸鼉數十，病猶不差。友筮之，命作布囊，俟女發時，張囊著窗牖間。友閉戶作氣，若有所驅。須臾間，見囊大脹，如吹，因決敗之。女仍大發。友乃更作皮囊二枚，沓張之，施張如前，囊復脹滿。因急縛囊口，懸著樹，二十許日，漸消。開視，有二斤狐毛。女病遂差。(卷三)

蒲松齡在《聊齋誌異·狐入瓶》中也有類似描寫：「萬村石氏之婦，崇於狐，患之，而不能遣。扉後有瓶，每聞婦翁來，狐輒遁匿其中。婦窺之熟，暗計而不言。一日，竄入。婦急以絮塞瓶口，置釜中，燂湯而沸之。瓶熱。狐呼曰：『熱甚！勿惡作劇。』婦不語。號益急，久之無聲。拔塞而驗之，毛一堆，血數點而已。」(《狐入瓶》)更妙的是，「葫蘆收魔」範型也可從通俗小說中找到來源，如《西遊記》：

> 行者笑道：「你且收起，輪到老孫該叫你哩。」急縱筋斗，跳起去，將葫蘆底兒朝天，口兒朝地，照定妖魔，叫聲「銀角大王」。那怪不敢閉口，只得應了一聲，倏的裝在裏面，被行者貼上「太上老君急急如律令奉敕」的帖子。(第三十五回)

至於「乞丐邋遢」範型，《聊齋誌異》之前的文言小說和通俗小說中並有描寫，均可視為蒲松齡借鑒之淵藪。先看宋人志怪小說：

> 王樯者，邵武人。赴調京師，過天津橋，遇丐者為人毆擊甚苦。王問之，曰：「負錢五百，久不償我。」王惻然，為以囊中錢代償而

去。他日，復至橋上，丐者探懷取一餅餉之，王惡其衣服垢膩，鼻
涕垂頤，謝不取。……既得官南還，行汴堤上，大風雨作，跬步不
可前。望道間小旗亭，亟下車少駐。主人出迎，審其貌，則向丐者
也。相見良悅，酌杯酒以進。王念曩日穢污，終不肯飲。……乃包
果實數種為贈。……啟視之，桃、李、石榴，皆黃金也。（《夷堅甲
志》卷十八「天津丐者」）

這位乞丐，毫無疑問是神仙，故意變化得如此邋遢來考驗凡人的。通俗小說
中也有這類人物，如八仙中的韓湘子：「戴一頂爛唐巾，左偏右折；穿一領破
布襖，千補百納。前栓羊皮後掛氈片，東漏脊樑西見胯骨。腰繫一條朽爛草
繩，又斷又接；腳踏一雙多耳麻鞋，少幫沒底。面似雞皮，眼如膠藹。鼻涕郎
當，饞唾噴出。」（《韓湘子全傳》第九回）

《畫皮》中對乞者的描寫雖然簡潔生動，但卻可以清楚看到是從上面那
些資料中蛻變而來：「見乞人顛歌道上，鼻涕三尺，穢不可近。」更有趣的是，
很多珍寶卻都出自上面這些邋遢不堪的乞者手中乃至口中，這就形成了《畫
皮》中領受的最後一個範式：「嘔吐珍寶」。有時候，這種「嘔吐珍寶」是將唾
沫和著他物搓成丸狀給人治病，《西遊記》有這種描寫，文長不錄，且看他書
中一個短小的例證：

湘子便在自己腋胳肢底下擦出一堆黑泥垢，把些涕唾一和，搓
成彈子大一丸，擎在掌中，叫道：「有緣的來吃我這丸仙藥，我就度
他成仙。」（《韓湘子全傳》第二十四回）

其實，還有更完整的「嘔吐珍寶」範型，而且早在東晉時就出現了，葛洪《神
仙傳·樊夫人》寫道：「樊夫人者，劉綱之妻也。……綱唾盤中，即成鯽魚；
夫人唾盤中，成獺，食其魚。」在此基礎上更進一步的描寫是，邋遢之人吐出
污穢之物，讓人吞食下去以達到「救命」的目的。宋代郭彖《睽車志》中就記
載了一個不願意吞食楊道士的污穢物而送命的「無緣者」故事：

楊視左右無人，曰：「吾餉使君一物。」即作嘔噦之狀，鼻涕涎
沫交下，吐出一物，以掌承之，明徹如冰玉，命李吞之。李有難色，
遲疑間，楊即復自吞之，跳入齋前池水中，大呼「殺人」數聲。李
命左右扶去，不數月而李卒。（卷四）

這個故事如果反向讀之，就是《畫皮》所要達到的最後效果：「乞人咯痰唾盈
把，舉向陳吻曰：『食之！』陳紅漲於面，有難色；既思道士之囑，遂強啖焉。

覺入喉中，硬如團絮，格格而下，停結胸間。……陳抱屍收腸，且理且哭。哭極聲嘶，頓欲嘔，覺鬲中結物，突奔而出，不及回首，已落腔中。驚而視之，乃人心也。……天明，竟活。」那好色的太原王生，就這樣在乞人將其「心」化為痰唾強迫其妻陳氏吞下以後又由這女人吐回登徒子的胸膈。嘔吐的「心」，難道不是人世間最大的「珍寶」嗎？

《畫皮》一篇，至少是在上述這麼多縱橫交錯的「郵傳」「借鑒」之下得以完成的。《聊齋誌異》中，像這樣的例證總有幾十處。但本文已經太長，要想更清晰地說明這一問題，只好有待來日了。（本文與人合作）

（原載《聊齋學研究初集》，齊魯書社，2019 年 12 月出版）

《聊齋誌異》評點中的辯證思維

在《聊齋誌異》的幾大評點家中，王士禎當然可以算是蒲松齡的朋友了。其他幾位，如但明倫、馮鎮巒、何守奇等輩，雖然並未與聊齋先生謀面，但讀了他們的評論文字之後，發現他們與留仙「交心」之處，實在並不亞於部堂王大人。甚至可以說，這些評點者，是最早的從不同的角度「讀懂」了《聊齋誌異》的一群。

《聊齋誌異》的評點者們對於蒲松齡思想水平和藝術成就的發掘是多方面的，絕非一篇數千字的文章所能講清楚。這裡，僅就《聊齋誌異》評點諸家在各自的評點文字中所體現的辯證思想這一問題略談一二。

在古代中國，辯證邏輯和形式邏輯的發展是極不平衡的。大體而言，在先秦時代的諸子百家那兒，辯證邏輯和形式邏輯這兩種思維方式是並行不悖的。但自漢代直至清代，形式邏輯逐漸衰微，而辯證邏輯卻盛行不衰。這種追求辯證的思維模式直接影響了中國古代的小說評點者們，從而，使中國古代小說批評文字中充滿了辯證意味，《聊齋誌異》的評點者們也不例外。

在《聊齋誌異》評點諸家那兒，談得最多的是「虛」與「實」、「幻」與「真」、「主」與「賓」、「雅」與「俗」、「繁」與「簡」之間的辯證關係。

先看「虛」與「實」。

中國古代作家很早就掌握了「虛寫」與「實寫」之間的辯證關係，尤其是史傳文學作品，如《左傳》《戰國策》《史記》《漢書》等歷史著作中，更有大量的注目於虛實關係的篇章存在。小說是敘事文學中之佼佼者，虛寫與實寫之間的關係顯得尤為重要。許多著名的小說作家都非常善於運用虛實相間的敘事方法，而不少評點者也能準確而深刻地指出虛與實之間的辯證

關係。

但明倫在評點《聊齋誌異》時，就對虛寫實寫問題多有研究。如：「殺仇只用虛寫，神氣已足。」（《商三官》篇夾批）「殺某甲用虛寫，筆筆活現，字字傳神。」（《崔猛》篇夾批）「從對面寫俠士，已見一斑。此處先虛後實。」（《雲蘿公主》篇夾批）無論是單純的「虛寫」，抑或是「先虛後實」，總之，《聊齋誌異》中的虛實之筆用得精妙絕倫，而但明倫氏對這一問題的評價也言簡意賅。

但明倫不僅點明了小說創作中虛寫與實寫的對立統一關係，而且還進一步研討了「虛」與「實」之間的包容或轉化關係。他在對《聊齋誌異‧田七郎》的一段夾批中，將虛實之筆的對立轉換關係說得如花似錦：「殺林兒用虛寫，用對面寫，點七郎用虛筆；殺某弟用實寫，用正面寫，點七郎用實筆；至殺宰又是一樣寫法，此法不實不虛。」這真是得聊齋先生胸臆的切實之論。

一篇文章也罷，一部小說也罷，他的作者不可能不注目於虛寫和實寫的問題。如果全文都用實寫，將使作品累贅不堪、平冗乏味；如果全文純用虛筆，則過分空靈，使讀者丈二金剛摸不著頭腦。只有能夠做到虛實相間的作者方是個中高手，如果在虛實相間的同時，更能注目於「虛」與「實」之間的種種辯證關係，如對峙、錯綜、包容、轉換等等，那就更是文章聖手了。評點者亦乃如是，如果僅僅只是點出小說作品中的「虛寫」「實寫」云云，當然是很不錯的批評者，但如果能進而分析這「虛實」之間的種種奧妙、種種關係，那才是目光如炬的評點方家。在這一問題上，蒲松齡無愧文章聖手，而但明倫則堪稱評點方家。

再看「幻」與「真」。

小說創作的主要任務是反映歷史真實還是進行藝術虛構，這一在今天的批評家們乃至普通讀者看來不成問題的問題，在中國古代的小說創作實踐和小說理論研究領域卻是大有「問題」的。在古代中國，長期以來存在著兩種錯誤觀念：其一，小說被當作歷史的附庸；其二，小說中的神異描寫被當作現實存在。有些小說作者完全分不清小說創作中的寫實與虛構的關係，完全相信那些神奇鬼怪的故事是人類生活中的組成部分。這樣，就導致了小說創作的迷茫和小說理論的混亂。然而，在那一片令人喪氣的沼澤泥潭之中，也有若干通往康莊坦途的彎彎曲曲的小路。它告訴人們，我們的小說作者和評

點者們並非完全混帳，他們中間也有見識卓異的佼佼者，他們對於小說創作中真實與虛構的關係、現實與神異的關係都進行了不同凡響的描寫或發表了卓爾不群的意見。

我們還是回到《聊齋誌異》的評點。

在《聊齋誌異》寫「幻」名篇《畫壁》中，眾多評點者對「幻筆」進行了反反覆覆的討論：「幻色。」「幻境。」（但明倫夾批）「只緣凝想，便幻出多少奇境。」（稿本無名氏夾批）「因思結想，因幻成真，實境非夢境。」（馮鎮巒夾批）「此篇多宗門語，至『幻由人生』一語，提撕殆盡。志內諸幻境皆當作如是觀。」（何守奇篇末總評）尤其是何守奇的評語，不僅針對《畫壁》篇而言，甚至推而廣之，認為《聊齋誌異》全書的「幻筆」都應從「幻由人生」一句去挖掘根源，這種看法，無疑是符合蒲松齡的本意和《聊齋誌異》的實際的。

《聊齋誌異》的評點者們不僅結合作品的描寫實際充分討論了「真」與「幻」的關係，他們中的有些人甚至還能從理論上對這一問題進行深入一步的研究，尤其是就生活真實與藝術虛構之間的關係發表了很不錯的見解。如《聶小倩》篇最後寫鬼女聶小倩與丈夫所納之妾「各生一男」，如果過分追求生活真實，則鬼女不可能生子。這樣一來全篇內容就要全部作廢了，因為篇中聶小倩的所有言談舉止幾乎都是「人」的行為。對此，馮鎮巒的一段夾批說得非常到位：「各生一男，則小倩居然人矣。此等處但論其文，不必強靈其事。」更有趣者，《聊齋誌異》的評點者不僅大力讚揚書中的幻筆，而且還進一步提出了幻筆之極境——幻中幻。在《狐夢》一篇的篇末總評中，何守奇說道：「狐幻矣，狐夢更幻；狐夢幻矣，以為非夢，更幻。語云：『夢中有夢原非夢。』其夢也耶？其非夢也耶？吾不得而知之。」當然，若論對「真」與「幻」的關係的理論概括，還是但明倫的一段話最為透徹而痛快：「是真非真，是幻非幻，真即是幻，幻即是真。虛虛實實，離離奇奇，事或有之，文亦宜然。」（《張鴻漸》篇夾批）

第三，簡單地說說《聊齋誌異》的評點者們對「主」與「賓」之間關係和「雅」與「俗」之間關係的評價。

人際關係中有「主」與「賓」的區分，且不可喧賓奪主；小說創作中亦有「主」與「賓」的區別，萬不能主賓不分。在小說創作中，「主」是核心，「賓」是陪襯，不管「賓」的部分寫了多少，佔有多大的篇幅，它永遠是「主」的

陪襯。但明倫在《聊齋誌異‧寄生》篇的夾批中，結合書中的人物和情節，對主賓問題也談出了自己不凡的見解：「由前而觀，似閨秀為主，五可為賓；由後而觀，又似五可為主，閨秀為賓。其實玉山並峙，峽龍雙飛。中間霧合雲迷，連而不連，斷而不斷，不至喧賓奪主，亦不至反主為賓，璧合珠聯，烘雲託月，方茲文境。」這樣的批評文字，對於我們閱讀文本，應該是有很大幫助的。

相比較而言，通俗小說當然以「俗」為主，而文言小說多半則比較雅致。但對於蒲松齡這樣的大作手而言，偏偏能雅中帶俗甚或俗中帶雅。馮鎮巒在《聊齋誌異‧雲蘿公主》篇的夾批中，將該篇分成前後兩個部分，進而探討了兩部分之間的俗雅問題：「前半天仙化人，後半羅剎度世，亦雅亦俗，俗不傷雅。」這樣的評點文字，就不僅僅是幫助我們閱讀文本了，它還帶有一層濃厚的審美色彩，能使讀者在欣賞《聊齋誌異》中那些神奇瑰麗的故事的同時，於不知不覺中提高自己的審美趣味。

最後，談談諸位評點者對《聊齋誌異》創作中「繁」與「簡」問題的評價。

先看馮鎮巒對「繁」與「簡」的整體認識：「得父骨而歸五字，自西安還邳也，包括多少文字，要繁便千言不了，要簡便一字疾過。」（《陳錫九》篇夾批）「文字要繁則累牘連篇，要簡則一語千里，一夕百年。」（《王桂庵》篇夾批）「文字要煩，則千言未已；要簡，則一句便了。」（《連城》篇夾批）在馮鎮巒看來，要繁則繁，當簡則簡，是一位小說家在構造小說的情節時所具備的基本素質之一。

當然，就繁與簡之間相比較而言，《聊齋誌異》的評點者們談得更多的還是「簡筆」的運用。這是因為在小說創作過程中，運用簡筆比運用繁筆更加困難一些。尤其是像《聊齋誌異》中的那些文言短篇小說，在很小的篇幅中要想完成一個完整而又曲折的故事，甚至還要塑造一個或幾個栩栩如生的人物形象，不用簡筆是不可能的。《聊齋誌異》的作者在這方面取得了極大的成功，而評點者們也對他的成功予以最高的獎賞——大都作出了「心有靈犀一點通」的欣賞和評價。

在評點諸家的言論中，有時用「簡筆」這一概念，有時則採用了與之相近的其他概念，如「藏筆」、「縮筆」、「捷筆」、「突筆」等等，其內在含義是差不多的。例如《嬌娜》篇馮鎮巒夾批云：「藏筆。先有藏筆省力。非深此

道者不知。」《紅玉》篇馮鎮巒夾批又云:「聞婦不屈死,帶便補了上文,何等捷便簡當。」在《連城》篇中,馮鎮巒又反覆批道:「簡筆。」「喬生尋去,便是呆筆;太守送來,乃是活筆。」在《宦娘》篇的夾批中,馮鎮巒氏亦再三致意:「不說明,文家縮筆也。」「溫既來迎,只用一句簡筆。」馮鎮巒對這一問題似乎特有研究,這方面的言論特多。請讀者耐心地看下去:「此處用簡筆,若詳敘則、便有許多話說。」(《鍾生》篇夾批)「此卻用捷筆,一句便拍合,以許多曲折在下文也。」(《嫦娥》篇夾批)「突筆。敘父母俱死,圖筆墨乾淨,以下好生波致。」(《陳錫九》篇夾批)「借丁口中帶敘,省力。」(《鳳仙》篇夾批)「簡筆。」(《小梅》篇夾批)「包括,簡筆。」(《張鴻漸》篇夾批)「筆何等捷便,此處不多著語便收。」(《席方平》篇夾批)馮鎮巒甚至認為「簡筆」可以「陡入」,他在《蓮香》篇的夾批中說道:「如此陡入,掃卻多少語言,文字斷不茸沓,若順敘蓮娘如何投生,一一寫來,便是呆筆。」

　　諸如此類的言論絕不止與於馮鎮巒一人,其他諸家也紛紛發表見解,如:「簡而勁。」(稿本《羅剎海市》篇夾批)「借封言作結,便省卻無數筆墨。」(《封三娘》篇但明倫夾批)如此等等,不一而足。

　　從上可見,「簡筆」是中國古代小說創作最常見的手法之一。其主要作用是避免行文的囉嗦、故事的重複、情節的拖沓,從而給讀者一種簡便輕捷的審美效果。如果一位作者不善於使用簡筆,而只是記流水帳一般將故事敷衍下去,那就會成為馮鎮巒所嘲笑的那種只會用「呆筆」的呆鳥。

(原載《袁世碩教授執教五十年紀念文集》,齊魯書社,2005 年 1 月出版)

意態由來畫不成
——仿《聊齋誌異》諸作

　　蒲松齡孫子蒲立惪於乾隆五年（1740）曾跋其祖《聊齋》，末言：「昔昌黎文起八代，必待歐陽而後傳；文長雄踞一時，必待中郎而後著。」此語有兩重含意：其一，盛讚乃祖可與韓愈、歸有光媲美，開一代文風。其二，謂乃祖文風必然影響深遠，後繼有人，若歐陽修、袁宏道輩可繼其武。此語為不刊之論，《聊齋誌異》就有那麼偉大，後起而模仿《聊齋》者也的確層出不窮。可惜的是，「意態由來畫不成」，仿《聊齋》者竟沒有出現如同歐陽修、袁宏道那樣能與韓愈、歸有光交相輝映的人物，只是一些二流選手。當然，二流選手偶爾亦可能寫出些許一流文章，以下所言，就是這些仿《聊齋》的二流選手的可貴而稀有的一流成果。

一、和邦額《夜譚隨錄》

　　和邦額（1736～1795 以後）的《夜譚隨錄》十二卷，其中多傳奇之作，且有學習《聊齋》頗為相似者。

（一）《紅姑娘》

　　該篇寫一軍校壯年時贖救一狐，三十年後此狐屢屢報答年老之軍校，其所報者，均乃生活瑣事，且二人認作義父女。該篇寫狐極具人性意味，比人更有人情味。全篇味淡而遠，狐女雖美貌絕倫，然凜然不可侵犯。作者將她對輕薄少年的懲罰和對老軍校的護持對照描寫，顯現出這一人物的雙重性格特徵，而這種矛盾統一的性格特徵又是建立在「市井女子」這一基本層面上的。

（二）《霍筠》

《霍筠》是《夜譚隨錄》中最優秀的作品，亦乃學《聊齋》最到位的作品。唯霍筠為狐女「治瘍」一段，獨出心裁，不在《聊齋》之下。且看：「一婢啟簾，太太揚聲曰：『兒坐耶？臥耶？太醫來矣！』尋入室，至榻前。女衣紅繡，擁錦衾，倚鴛枕而坐，鬢髮黛眉，明眸皓齒，面色如朝霞和雪，光彩奪目，豔絕人寰。筠一見，目眩意迷，不能正視。太太曰：『此郎君，即太醫也。汝阿保遇之途中者，可否令視汝疾？』女竊睨流盼，俯首默然，兩頰哄暈。太太曰：『可否？密對娘言，無羞出口。』女徐徐低語曰：『娘視為可則可耳。』太太笑曰：『天賜郎君至此，為兒消災，娘何不可之有！娘且暫去，但留蕊兒一人扶侍可矣。』向筠曰：『郎君須盡心，無草草。看病已，當出用飯也。』遂率同群婢徑出。女命蕊兒請太醫坐。蕊兒曰：『既來看病，盍早看之？省卻忍受痛楚。』女羞澀之態，幾不能支。蕊兒屢促之，女不得已，嚶然一呻，斜臥向內，以袖障面，任其所為。蕊兒乃含笑登床，以手招筠。筠半坐床側，蕊兒款款啟衾，則下體赤露，粉臀雪股，致致生光，溫香馥馥，惟私處以紅手帕覆之。瘡大如茶甌，正當股際。筠見此奇豔，鹿撞心頭，如夢如醉，勉強視瘡已。」這裡，慈祥的母親，含羞的女兒，調皮的丫鬟，緊張而又興奮的瘍醫，全都體現出特殊情景下的特殊心理，一個個栩栩如生。

（三）《藕花》

該篇敘一書生與一藕一菱二精相愛，後二女均逝去。寫來纏綿悱惻，的是《聊齋》遺風。且看藕花與書生同思菱妹一段：「倏忽春盡夏來，藕花獨至，形容憔悴，愁苦不勝。宋擁置膝上，為之拭淚整鬢，問：『何為孱弱至此？菱花安在，不與偕來？』女泣曰：『尚憶菱妹耶？已作凍鬼隔年矣。兒亦不耐嚴寒，雖苦不死，而奄奄一息，不久亦將辭人世與君永訣耳！』宋一慟幾絕，思之不置。賴藕花相伴，不致哀死。」

二、長白浩歌子《螢窗異草》

長白浩歌子謂誰？學術界有不同意見，或謂乃尹繼善第六子尹慶蘭（1737左右～1788）。該書傳奇之作更多，而且文筆較《夜譚隨錄》為佳，有些篇章，直逼《聊齋》。

（一）《田鳳翹》

此乃該書佳篇之一。篇中故事本屬平常，無非女鬼與女妖為伴，女妖欲

食生人，女鬼救之，後又將終身託付此人云云。惟篇末突起波瀾，書生面對恩人兼麗質之女鬼，竟不受其愛情，而女鬼亦不強求，後託生為其妹。如此，篇之意旨頓顯高潔。此乃作者另闢蹊徑處，不在《聊齋》之下。該篇之最佳處在景物描寫，如「未及里許，日漸昏黃。比至，則屋宇不繁，草廬低矮，唯一家，面水而居。諦視之，槐蔭盈門，柳綿匝地，牆頭杏子累累垂街，令人起鄉關之想。」再如：「院宇不甚寬廣，面花香濃鬱，樹影陰森，銀蟾之下，布置舉一可見。左側三楹，華美不類民家，疑即主人所寢者。右側一草亭，頗軒敞，中設三席，而虛其一。」還有：「孝廉視之，蔓草寒煙，新墳三尺，猶有紙錢，以片石鎮其上，因揖而謝之。仍循故道，至客夕居停，則叢冢如布棋，絕無廬舍。」如此描寫，均能與情節、人物相吻合，並非孤立地為寫景而寫景。

（二）《桃葉仙》

該篇更佳，佳處盡在寫情。先是尚生有情，明知女子為狐鬼而不懼。「生死俱所不辭，遂不懼其鬼」。甚至為情慾而願捐軀：「即使予為卿死，已愈於生，何憾為？」及至眾友反覆規勸，尚生「猶堅諱曰無」。真乃情癡情種。後寫狐女之情更甚，一再歎息以色勾引郎君，使其大病。且一再欲遠離而終難行，欲遁身而終不忍。及至尚生病入膏肓，則數夕不至。當眾友人請道士以網羅捉得此狐婦時，卻「口唧小草」，乃靈芝，欲為郎君治病也。乃至感動眾友人，感動道士，終被允許「瘥後仍勉事君子」。此種寫法前所未見，足見真情可以感動人心。「情」不僅可以為「惡欲」，亦可以為「善念」。此正是唐人傳奇、《聊齋誌異》精神之發揚光大。又，此篇寫尚生眼目極其「近視」，或受民間所傳才子祝枝山近視的影響。而狐女唧仙草以救夫君的情節，又與白蛇故事同調，然不知孰源孰流。然無論如何，此情可與天地同儔、日月同光。由此篇亦可見《螢窗異草》勝過《夜譚隨錄》多多。

（三）《青眉》

《青眉》亦大好，要在塑造一女中豪傑之狐女。此女不僅相夫，且訓夫、教夫，其夫無此女則不能自主，直似嬰孩。此其佳處第一。第二，該篇內容豐富，情節曲折，令人如行山陰道中，目不暇接。不僅寫出兩個成功人物，亦寫出幾段有趣故事。第三，用對比手法寫夫妻二人，愈寫狐女精明，愈顯其夫拙劣，反之亦然。第四，全篇倒敘、插敘，峰巒重疊，趣味無窮。第五，言辭

運用自如，當豔麗即豔麗，當清淡則清淡，當詼諧則詼諧，當莊重則莊重，均與所表達之內容相適應。如此優點多多，真佳篇也。

（四）《苦節》

本篇題目令人生厭，卻是好公案作品。作者本意表彰女子節操，不料寫出一變化萬端之強姦案、殺人案，而且驚心動魄。該篇場面描寫尤佳，如烈女抗奸一場，寫來令人如臨其境；而愚夫殺妻一節，又令人怵目驚心。且看後者：「女猶哀陳，聶恐大傷父母心，曳之入室，拳杖相加，且以斷帶為據，令女誣服。女既遭齊踢傷，又復試聶毒手，創深於外，氣結於中，遂漸不能堪，乃大呼曰：『聶某！天日在上，予不負汝，汝誠負予矣！』竟瞑目不語。視之，則已氣絕矣。」該篇人物描寫亦佳：烈婦之堅貞倔強，丈夫之愚昧狹隘，公公之冬烘，婆婆之乖戾，全家人之護短，以及姦夫淫婦之無恥，女父之沉著，淫女之父之強悍，均栩栩如生、躍然紙上。

（五）《拾翠》

《拾翠》亦乃佳作，其佳有四：其一，拾翠乃千古第一俠婢，較之紅娘而更「紅娘」。妙在一切均在其調度之中，其主人、主母、小姐、其姥、其舅，乃至相公湯、豪家子，均被一小鬟弄於股掌。其二，小姐乃千古情人，只重詩詞，不看其他，寧降身為婢，亦願嫁風流快婿。其三，湯相公亦奇，乃柳永之流。然柳永乃被動，此乃主動之柳永也。其四，至於描摹世態人情，至於情節曲折，懸念設置，間以抒情詩詞，均該篇之特色也。

（六）《定州獄》

該篇寫一婦回娘家看戲，夫促其歸，不願。夫怒，潛脫其履，女不覺。及覺，急回家。夫妻口角，而婦懸樑。夫懼，投妻之屍於井中，反誣告岳家。經官嚴訊，吐實。乃下井淘屍，得一僧人屍體。乃僧人本欲救井中未死之婦人，為鄰少窺之，誆僧下井救人，得婦上來而投石下井，遂引婦人逃走。然婦人無履，雖被少年姦污，不能遠走。少年為之尋履，得諸曠野，正興高采烈，而役差至。原來此履乃官府誘餌耳！少年伏法，夫徒，婦別嫁。全篇全憑巧合，無神明、無夢幻，大好公案。

（七）《姜千里》

《姜千里》篇豪氣逼人，主要運用了襯托法。篇中先寫姜千里任俠，「里中無賴之徒，憚其威，不敢肆者。」而後寫吳氏夫婦託身為僕，實乃巨盜，裏

應外合，幾置千里於死地。此段描寫，是以武孝廉之困厄，形群盜之得意也。篇之後半方出阿惜母女，且先以阿惜之縛虎襯托其英姿，如此，則已先聲奪人。其次，阿惜之言辭舉止特為雄放不羈。她先嘲千里：「以武科而不能弭盜，其如搦管者何？」又怒阿娘：「母勿絮絮聒人，予自樂與母處，誰能隨一懦男子，與人爭床笫歡耶？」終至連官府也敢不屑一顧：「此曹何能了人事？妾請易妝一行，不逕旬而盜皆可得。」至於阿惜殺盜魁經過，作者反以虛筆略寫之，又以其自敘稍作補充，然此巾幗英雄英姿已在讀者腦海之中矣。要在此前作者大寫群盜如何使武孝廉姜千里難堪，甚至如何追殺姜千里，則群盜武勇可知。而此女能取二盜魁之首於瞬息之間，此女之工夫，毋庸細敘也。

（八）《春雲》

該篇寫一狐鬼爭婿事，然不落俗套。全篇扣一「雅」字下筆，令人耳目一新。篇末狐女辭夫一段。尤為淒惻動人，說部中罕見。錄如次，聊作一臠之嘗：「輿行絕駛，俄抵里門，女又招畢同下，把袂而泣曰：『郎自此旋歸，父有嚴命，不容再侍裳衣矣！幸自愛，無庸念妾。』畢聞驚絕，面無人色，悲咽曰：『賴子復活，方期相守白頭，何忽生去志，豈猶以前隙為念耶？』女曰：『不然。老父薑桂之性，在昔已然，自生妾，即期以雅人相配，前見君子，一旦傾心，故不惜百計營求，成此好合。不謂貪俄頃之歡，拆百年之偶，竟在此日也。』畢知不可挽，復以言激之曰：『如卿所論，誠予自貽伊戚，然必有風雅過我者，翁故以此敗盟耳。』語未及終，女早色變曰：『何來此薄倖之言，豈反不諒妾乎！妾雖迫於父命，終身或可自主，但自入君家，人情洶洶，以為怪異。所可恃者，唯君耳。今君心又添疑塊，不去，將禍起於衽席矣。前車可鑒，君不嘗惑於邪鬼之讒耶！』畢語塞。女又歎曰：『天壤雖大，半皆未有之王郎，妾即歸，實無他志。然以君之才貌，雖具俗腸，猶鍾秀氣，不可謂非佳配，今既滅裂，其命也夫！』乃留玉釧為別，兼脫珊瑚指環一雙曰：『以獻叔母，見物庶幾相憶。』竟揮淚登輿，去如飄風，瞬息即渺。」

（九）《宜織》

《宜織》篇寫人最佳，尤以柳家寶為甚。此子性情中人也！見女子，竟木訥不能言，見女子之父則侃侃而談。且一心愛狐女，居然棄置人間婚姻，更以詭計為此事。觀其心中所思，萬分決絕：「倘失此佳人，不如死。」

真振聾發聵之言論。由此思想方有異樣行為，竟至收買日者，騙過父母及所有世俗之人，並公然帶領朋友直入女家退婚。如此作為，可謂千古未有之「愛情鬥士」。尤妙在此舉反使柳生得行孝之名，更妙在柳生一貫忠厚，人不料其詭譎也。柳家寶之外，狐女之溫柔貌、怨恨貌，狐叟之儒雅態、威嚴態，柳生父母之懵懂，柳生姑媽之善謔、有主見，各種性格，爭奇鬥豔。該篇又一佳處乃情景交融，尤以柳家寶幾番涉溪流、入狐家的妙境為上。清溪上之紅橋，綠莎上之笑語，還有「籬花堆豔，黃蝶紛飛」云云，均神來之筆。

（十）《秦吉了》

《秦吉了》，乃仿《聊齋誌異·阿英》之所作也，然亦自有風度。秦吉了，俠鳥也。讀其前半，已從紙上得一羽族「紅娘」，為有情人傳書遞束，引線穿針。及至後半，覺此鳥居然女中豪傑。自家身死不足惜，必為情人傳消息。最終玉成情侶而悄然隱退，化作孤鶴，凌空飛去。此鳥非鳥，乃至人也。以一鳥而寫俠情，此該篇妙之一也。其二，全篇乃一童話，且美麗動人。鳥能語，不足奇。鳥通情，已奇之。而鳥居然具俠情，乃奇中之奇。去其羽族氣息，此鳥乃一天真活潑小女子也。人性色彩十足，人情意味十足。於童話氛圍中寫俠情，真好題目，好構思。其三，篇之上半寫來如和風細雨，風流浪漫，後半則風雲突變，惡浪險灘。作者行文善於變化，一篇之中納不同文風文氣於其中，真好筆墨。要之，《秦吉了》於不長之篇幅中寫出好題目、好人物、好文章，即置於《聊齋》中，亦可亂真。

三、曾衍東《小豆棚》

曾衍東（1750～1816）的《小豆棚》亦乃《聊齋》後勁，其佳作好篇雖不及《螢窗異草》，但在《夜譚隨錄》之上。

（一）《浣衣婦》

《浣衣婦》是一篇生動異常的作品。一巡撫貪鄙，且欲加害於忠厚之藩司。一俠婦以美色媚之，以劍氣懲之，大快人心。且看那驚心動魄的一幕：「俄婦至，持盤水向撫曰：『少坐，俟妾拂拭以請。』撫頷之。婦入軒，頃見窗如針亂刺孔，撫視孔中出白氣縷縷如絲，突出旋繞撫身上下，不絕若網。既乃漸收慚縛，身不敢動，而芒刃往來，間不容髮。婦曰：『貪婪賊，欺心太甚，將臠切爾，為豫章人泄忿。』撫戰慄哀懇，呼之以神，號之以仙，且尊

之以菩薩。百千萬億，不可思議。婦曰：『方伯，民望也，汝仇之何？今與汝約，勿貪勿忌，忽浮勿酷。我處曲山巔，朝朝暮暮，往來爽氣，可鑒爾形，可燭爾心。千里萬里，能呼吸至。』撫唯唯自誓。婦出軒曰：『好自為之，我去矣。』遂繞於白光中，長互向西而滅。」如此好婦，真乃貪官剋星，是最佳之「監察御史」，可惜人世間極難見到。

（二）《孫筠》

本篇佳處，要在一婢。其家小姐先許孫郎，而父母嫌貧悔婚，及至孫郎富貴，另娶高門，小姐悲焉。當此時，小婢竟勸小姐直登孫郎之門，自為新婦。該篇最妙處乃在小婢激小姐言辭，層層推進。先誘之，再激之，再戲之，最終為其謀劃。及至孫郎家，又值孫郎娶他女為新婦時，此婢亦侃侃而談，舉止大方，是以折服孫郎家人。其語言尤以「善擇者擇高郎，不善擇者擇高房」最為警策。惜篇末寫小婢終列小星，與二女同事一夫，此又作者庸俗處。

（三）《劉祭酒》

《劉祭酒》寫一生與一狐戀愛故事，全篇淡而有韻致，對小兒女情景的描寫尤為別致。且看篇末描寫這對人狐戀人被迫分手時的情狀：「一日，女忽墮淚曰：『奴與郎緣分盡在今夕。』劉驚泣不知所措，欲籌所以代之者。女曰：『此定數，不可逃。』劉不得已，滿設良醞，與女盡醉。且斟且哭，兩飲兩傷。六載離情，難消此夕；二人別緒，更盡一杯。……既而雞等三唱，東有啟明，女大哭而杳。劉已昏絕復蘇，從此蹤跡渺茫。」

（四）《泗州城隍》

《泗州城隍》反映科舉問題，寫來沉痛萬分。二鬼與一人交遊，均科場不得志者。後二鬼入冥中赴考，結果一中一黜。人者，亦至五十方中鄉榜。該篇大量篇幅寫士子可憐而可悲的心態，置諸《聊齋》中，可與《王子安》《司文郎》《葉生》諸篇相較。

（五）《耿姓》

該篇帶有輕喜劇意味，寫一場極大的誤會。一有家有室者被另一「小舅子」認作姐夫，將錯就錯，竟與其姊結為夫婦，而婦人真丈夫竟永遠沒有歸來。該篇有幾層妙處：其一，舅子認姐夫突兀，且不容置疑，亦不容置辯。隨後，一連串的不容置辯發生。此乃「誤會法」之一枝也。其二，假作真時真亦

假。書中婦人認出假丈夫而願意以假作真之後，假丈夫尚擔心真丈夫突然回來。婦人有言：「世道瞶盲，皆認假而不認真者，故真者假之，假者真之，率相詐偽，比比皆是。爾又何必私心過計為哉！」真針砭世人之高論，至今仍然有用。其三，篇中提及「鯉魚」「包公」云云，乃此篇前已有「追魚」故事。其四，結局亦妙。假夫將假妻帶回家，真假妻子居然和平共處，而假妻之真夫消息仍杳然，是所謂不了了之也。

（六）《翠柳》

本篇寫某太守婢翠柳，極善圍棋。太守屢敗於一圍棋高手曰「棋汪」者，冥思苦想而無法取勝。翠柳指點之，遂以此婢與棋汪對壘，終勝之。篇中寫翠柳與棋汪比賽過程頗為精彩，翠柳之神情態度，呼之欲出。請欣賞：「張公呼翠柳出，汪視之，垂髫丫髻傔婢也。立案前，入局即持白子曰：『棋讓一先。先生請下黑子，可以前驅勝我也。』汪頷之。甫三四著，汪色變。翠曰：『先生面頳矣。』翠上下嬉顧，略不經意，而子落枰間，一座皆驚。翠又曰：『先生汗出矣。』汪頳顏沉思，下子愈遲。翠隨手擲之，疾若鵰落。既而翠柳棋聲乃與笑聲丁丁格格相酬答；汪如木偶，子更無著處。翠以手自捏其鳳翹曰：『先生坐，亦知立者苦否？』眾粲然。而汪神喪志沮，轍亂旗靡。忽為翠柳於西北角上劫去十數子，如方塘一鑒，白鷺數點而已。翠乃以長袖自掩其口，胡盧曰：『先生負矣，先生負矣！』零碎連步以入。汪目望洋，不知所為，是局固未終也。」

四、溫汝適《咫聞錄》

溫汝適（1755～1821），號慵訥居士，所作《咫聞錄》，自稱為傳奇（見該書卷九《顧友》篇），然書中亦有志怪之作。該書喜用駢語，甚至敘事時亦用之。傳奇作品雖不少，好作卻不甚多，聊舉幾例。

（一）《醉封翁》

一翁有三子，又有一僕，此僕甚為誠懇。翁酒醉後，認此僕為第四子，並為之聘婦。該篇情節雖簡單，但描寫樸實動人，頗具生活氣息。且看一群老翁酒醉後對兒女婚嫁的哄議：「一日者，翁與四五鄰翁聚飲於垂楊之下，俱入醉鄉。適有拾參婦女行過其前，翁指一女曰：『此女大有福相。』一翁曰：『此即某翁令愛，尚未議婚。』翁醉曰：『我兩家聯姻何如？』某翁變色曰：『三位公子俱已婚娶，我門第雖不敵公，豈肯以女作公子妾耶？』封翁自知

失言，笑答曰：『非也！我因三子俱將出仕，理家無人，允兒是我同宗，嗣為第四子矣。』某翁曰：『公果繼之為子，我即妻之以女。』旁一翁曰：『我執男斧！』又一翁曰：『我作女柯！』正哄議間，允奉肴提壺而至。眾鼓掌曰：『新婿來矣！速拜岳翁！』」

（二）《賣監生》

此篇亦具輕喜劇意味。一農夫，家中稍稍富裕，便欲買一監生頭銜。恰有一監生，家貧無錢過年，竟賣與農夫「監照」。後為他人點醒，知乃犯法行徑。農夫欲索還原銀，反多貼二十兩了事。該篇所寫人間鬧劇，今日仍不時上演，故而有恆久的意義。

（三）《蜂幻》

三人同舟，一陳姓老翁，作者、一「貌如子房」之友人。船尾則有三女子，黑衣者母、青衣者姨、黃衣者女。女方俛老者作伐，招「友人」為婿。夢驚，三女乃三蜂也。老者、少年夢境相同，作者記之。該篇雖寫夢幻，然婚俗描寫頗妙。且看老者充當媒妁，見證婚禮一段：「陳慫恿友人冠帶往，黑衣女對青衣女曰：『當請陳先生通往。此間俗禮，婚嫁事必擇老翁為壽星，名曰「祝遂」。今陳先生鬢眉皓白，會逢其適，乃天作之合也！』青衣女邀陳同至一竹林中，房屋高敞，外有小屋數十間圍繞正宅。張燈結綵，鼓樂喧闐。俄而，黃衣女華妝出，陳為贊禮，同拜花燭，送入洞房。陳出，見廳上設筵排宴，黑衣女曰：『承先生盛情，完小女大事，薄具蔬肴，聊申鄙意，請先生上座。』青衣女托盤持酒，黑衣女執杯進獻後，皆跪謝，退曰：『妾乃女流，不便陪席，請勿見怪。』陳曰：『獨酌更妙。』乃退。」

（四）《徐兄李弟》

二人結拜，徐兄李弟。徐兄屢做生意不暢，得李弟錢，不辭而別，負心。後李亦貧，於山神廟尋自盡，神救之，並令其上屋頂。屋上有一狐一虎拜神，言事多多，李一一破解之。後李為官，遇徐兄，告之秘密。徐亦仿李之行為，反被狐、虎撲殺食之。該篇極富民間傳說意味，甚至帶有外來文化的影響，乃中國古代之「阿里巴巴」也。

五、樂鈞《耳食錄》

樂鈞（1766～1814）的《耳食錄》中，也有不少好作佳篇。

（一）《芙蓉館掃花女》

該篇寫一人為一女所迷，入幻境，歷盡艱辛恐怖。至一村落，而又為群美爭奪，及至兵戎相見。此人逃之，至一國，人言國中女子皆夜叉，國王極醜陋，其女亦然，招為婿，不堪其淫。後此人又至故地，見故女。女告之曰：所有皆幻境耳。此人大悟歸家，所歷幻境僅片刻之事耳。該篇最大的特點就是敘事曲折多致，令人目不暇接。

（二）《文壽》

《文壽》篇頗長，故事亦委婉曲折。一家兄弟三人，伯氏不遇，為父母所逐，流落京師。仲氏早達，為父母寵愛。季氏尚小，暫無故事。後來，伯氏之妻竟被折磨致死，其魂魄入京師，伴夫多年。仲氏為官外地，專橫跋扈。而伯氏終不達，因季氏之言，父母允其歸家。伯氏既歸，其妻之魂助其理家，效果頗佳。後仲氏敗，仲氏之妻亦歸家，亦受父母輕賤，伯氏婦反受尊重。父母卒後，伯氏婦亦冉冉而去，歸神秩也。全篇去其鬼氣，實乃一大好民間家庭瑣事作品，寫來合情合理，繪聲繪色。

（三）《書吏》

《書吏》篇雖不甚長，卻是公案小說各種「扣子」的大雜燴。一書吏路遇一婦，調之，同至其佃家，二人遂成姦情。而佃家女先與鄰家子通，鄰家子夜來相會，誤以為佃家女有新歡，殺書吏及其情婦。佃家懼連累，將二屍淺埋野外。二僧路過，見土動，一女未死。一僧惡念頓生，殺另一僧，拐女子歸，蓄髮娶之。後因婦人弟偶遇婦人浣洗溪邊，此連環案才得以告破。全篇屢用巧合法、誤會法，讀後雖難以信其實，然欣賞之，則大有趣味。

六、朱梅叔《埋憂集》

朱梅叔（1786～1874 以後）《埋憂集》諸作描寫細膩，語言優美，尤善寫景。其中，最為優秀的作品有如下數篇。

（一）《潘生傳》

潘生與從嫂之妹相逢，女乃寡婦。兩人自小相狎，至此重續舊情。後潘生高中，另娶高門，女憤而索命而去。該篇內容平平，是最普遍的多情女子負心漢的故事，但描寫極佳。如寫女子夢生幽會，乃至「繡袴沾濕」，非常真實。至若潘生入花園一段，景物描寫絕妙：「一日春雨初晴，生讀倦，呼館僮

啟後扉，步至園中。水復山重，洞宇幽邃。數轉，見東北一帶朱欄迴護互，欄外杏花正開，彌望如雪。下臨一池，橋上有亭翼然。生將往憩，忽聞簹馬丁東，望見樓閣參差，湧現樹杪。折而西至，其處有海棠兩株，當風亂颭。其上，雲窗霧閣，傑構俯臨。」

（二）《可師》

該篇乃公案小說。和尚與鄰婦通，為小沙彌撞破，殺之，投屍廢井，反誣小沙彌攜物逃走。後屍體為鬥草小兒發現，官府至寺，察其通姦所在，僧不認罪。官府用刑，鄰婦見僧被刑苦狀，泣之。官掠鄰婦，僧遂承罪。大堂一段，寫來頗為新穎：「遂用夾訊僧，絕而復甦，猶堅不肯承。令怒，命再刑之。忽顧見人叢中一少婦低頭搵淚。趨喚至案前，詰之曰：『此何地也！而汝卻來此垂淚。』對曰：『妾本師之鄰家，見其不勝拷掠，故不覺慘然。』令曰：『然則視僧之拷掠其徒何如？爾時汝何忍立視其死耶？』婦駭言：『此事與妾無干。』令大怒，命挵之。僧在旁睹其宛轉嬌啼，心痛如割。遂前承所以斃其徒者。且曰：『事雖由於姦情，但當斃命時，此婦實不在側。刀山劍樹，小僧一身當之足矣！』」淫僧鄰婦，雖係通姦殺人罪犯，相互間的憐愛卻極富人情味。

（三）《諸天驥》

一士子屢試不第，卜者告之海外有奇遇。先至寧古塔，因違風俗而被逐。又漂洋至柬埔寨，亦為國王所棄。至日本，入一園，為一婢所救。題詩於壁，為女王所見。女王乃其前世妻再世，遂成兩世緣。生一子一女，女承王位。書生卒後，其妻攜子入大陸。其子參加科考，得中榜眼，以報父之遺恨。此篇乃士人之青天白日夢，內容無甚價值，且模仿《聊齋》太甚。然其中景物描寫頗佳，令人讀後賞心悅目。

（四）《奇獄》

顧名思義，此篇乃公案之作也。少年夫妻新婚嬉戲過分，導致新娘假死，新郎懼禍逃離。女子被葬後，復甦，為過路叔侄所救。侄欲強佔此女，而叔欲送歸。侄殺叔於館中，攜女逃歸。後此女為公公碰見，此案遂破。案件過程複雜而無神明夢幻之類，且前半寫案面，後半追敘案底，具有較強的可讀性。

七、解鑒《益智錄》

解鑒（1800～1861以後）的《益智錄》，又名《煙雨樓續聊齋誌異》，是典型的仿《聊齋》之作。雖然整體上該書遠遜《聊齋》，但其中佳篇亦自不少。

（一）《小寶》

此篇寫母子二人，二人皆信人。其母拾金不昧，其子代娶不污。一於青天白日下行青天白日之事，一於暗室中而不行暗室曖昧事，是有其母而有其子也。此篇結構頗似「三言」中之兩篇：一為《施潤澤灘闕遇友》，一為《錢秀才錯占鳳凰儔》。作者將此二篇捏為一篇，其間又過渡無痕。以新娘之父為失金之人，既巧合，又鼓吹善報，不意文言中亦有此好篇也。篇中寫賢母形象尤好，如開篇寫道：「邑有鄉人李某婦王氏，秋攜幼子適田畝，見其地首樹下有皮褡一個，知為行人所遺。提之，甚重，知中有物，而不啟視。因以禾葉遮蓋，坐其上以待之。」見「重物」而不貪，甚至連看都不看，誠如虛白道人所評：「是何等度量也！」此種行為，一般男子不可能為之，即使偉丈夫亦未必能為之，何況一女子耶？此女真乃巾幗鬚眉。可知千古巾幗鬚眉，並非只在沙場、江湖之中，日常生活中亦可見也。

（二）《狐夫人》

該篇置於《聊齋》中亦不遜色也。篇分兩半，前半敘書生豔遇，以為某太史女，實則狐女。生之母為之他娶，狐女又變作其妻屢屢來之，又救治其母病。於是，生有二妻，一人妻、一狐妻。生之人妻卒，遺一女，狐夫人撫之。篇之後半寫生之子長成後不學無術，不走正道，狐夫人以仙術奪其金。此子窮途末路之時欲自盡，為一老者救之。老者引此子入一室，圈而使之學，此子竟大魁天下。而此老叟實則狐夫人之父也。前後兩半對比，前半誘人，後半感人。前半寫狐夫人與生之人妻相貌相同，是早知生當娶此女，故預設幻象以迷之。後真假妻子交替出現，頗似《聊齋》中《阿繡》和民間傳說之「追魚」，特具諧趣。後半寫慈母訓子，用盡心機，又頗同於「三言」之《張孝基陳留認舅》。文後有馬竹吾評語云：「讀此文而不落淚者，其人必不慈。」是相對《出師表》之「忠」、《陳情表》之「孝」而言，亦乃切中肯綮。

（三）《梅仙》

書生救一女鬼，移其柩，此乃擬話本與《聊齋》等書之慣常題目。妙在後半別出心裁，學《聊齋》而有變化，女鬼以梅精代己而與書生幽合。此雖

《聊齋》路數，然已微有不同。至若梅精以女鬼投胎為人之女而與書生為妻，乃是變格。尤妙在鬼女、梅精變相幻作生之妻，附生之妻體，使生「得一妻而二美俱矣。」雖想入非非，然亦奇特可愛。雖為豔遇題目，畢竟有一「情」字作根蒂，故而不俗，故而妙。全篇描寫委婉曲折，往往有出人意料之筆。

（四）《顧道全》

書生屢試不中，而其所教之學生中之，此乃《聊齋誌異・葉生》之餘意也。該篇後半寫一女子以死勸其夫重入科場，是比《儒林外史》之魯小姐更加「魯小姐」。然吳敬梓是批判之，此處則讚美之，思想有天壤之別。就探究科舉而言，本篇之所作，近於留仙而不及敏軒甚矣！然寫讀書人之心酸及科場之不公平，仍有認識價值。

（五）《隗士傑》

此篇雖雜，然亦頗佳。一段敘生與女鬼相會，若隱若顯，妙。又一段插入一狐，且書生以狐之鏡製狐，狐與鬼鬥，生執鏡吹之而狐竟不能擊鬼，想像奇特。後又以此鏡勾得生之生人妻，亦妙。由上可見，該篇富於想像也。故事中，又有二段寫書生之道德，一乃救奪其妻所求之偶之仇人，一乃捐金數萬救萬民性命，因此而得大壽，此又涉果報也。全篇故事婉曲，波瀾起伏，乃《益智錄》之佳製，其妙處直撲《聊齋》也。

八、許奉恩《里乘》

《里乘》又名《留仙外史》，作者許奉恩，生卒年不詳，道光二十三年（1843）秋試不中，始作《里乘》，同治十三年（1874）完成。作者自序謂「豈敢望鼎立於蒲、紀二公間哉？」大有追蹤蒲松齡、紀曉嵐之意。而書中所寫，亦有紀曉嵐式的陳腐思想和蒲松齡式的靈動筆墨，好篇如下。

（一）《絳幘生》

此篇乃解穢文字。大婦欺凌小妾，其夫竟袖手旁觀。絳幘生路見不平，拔刀相助，真黃衫客、魯提轄之流亞也。然此人不僅有勇，而且有謀。頭夜相見，與女子認作兄妹。次日之「兄妹」表演，亦可謂精彩逼真。又調動四鄰，以作見證。在「救妹」過程中，可謂逞之以威，曉之以理，脅之以力，使其「妹丈」夫妻不得不折服。絳幘生，可謂有理有節、有勇有謀者也。然篇中仍有小妾一夢以作因果預示，又其瑕疵也。

（二）《姮兒》

才子佳人相愛相思，本不稀奇，而此篇寫來，卻有以下數「奇」。其一，女之父偏愛窮而有才女婿，女之母卻要攀附豪門權貴。偏偏女之父又懼內，故而釀成禍端。其二，書生竟垢面破衣而與女私見，因不能出，隱藏於婢女房中三日。此間，書生與小姐不及於亂。此乃清代才子佳人寫法，與明代同題材作品迥然不同。其三，為才子佳人畫計逃離樊籠並火燒閨閣者，竟為佳人之嫂嫂。此婦真乃女中陳平、裙釵義俠也。此外，該篇塑造性格鮮明的人物不少，情節亦曲折多致。雖整體上未脫舊套，然局部卻自有新裁，堪稱佳作。

（三）《柯壽鞠》

該篇將豪俠妓流與齷齪文人對寫，使俠者愈顯其俠，俗者愈覺其俗。且二俗者，一少年書生，一中年名士，相較而言，後者更老辣無恥，是所謂俗中之俗也。請看那位中年名士是怎樣騙取妓女財物而後忍心拋棄之的：「嘗與女言冷官多子，慮垂老無以資俯育。女曰：『奈何？』周曰：『老夫固善鴟夷術，向苦無資，聞卿多私蓄，若假我權子母，不患不得什百息也。』女曰：『業夫妻矣，曷不早言？妾物即君物，但揮霍耳，何假為！』遂傾箱罄出所蓄十萬金付之。周得金，罷官業齲，不三年得子金三十萬。即罷所業，肆筵設席，延女上座，自奉卮以獻曰：『賴卿母金，得少弋獲，子孫不憂凍餒，皆卿之贍賜。雖然，卿出身平康，無不知者，僕縱疏狂，亦不合儼然聘為繼配，即僕自願之，其如天下後世口實何？』女曰：『妾從君生子已扶床矣！何忽出此言？豈疇昔申旦之誓非君意耶？』周曰：『良有之。向以聞卿所蓄甚富，姑妄言之，藉可運籌生色，一洗寒酸，今幸如願，卿之母金當仍歸趙，並酬以什一之息，我有旨蓄，亦以御冬。老夫耄矣，卿近中年，獨處鰥居，兩足存活。自今以往，請永與卿訣矣。』女曰：『訣則訣矣！妾所生雛將焉置之？』曰：『卿如難割愛，將雛俱去可耳。』」如此言行，理智至十二分，老辣至十二分，殘忍至十二分，無恥亦至十二分。

（四）《紀夢》

該篇乃奇文。作者曾作一《重修虞姬墓碑》，自為得意，為此篇以欺天下人，造此一夢。夢中重寫楚漢春秋，重塑虞姬、項王及呂后等形象。篇之所敘均合情理，唯虞姬後世為呂后一節，猶有深意，可謂對立統一也。全篇以第

一人稱寫出，頗給人以真實感。狀景寫人，均有妙筆。虞姬之答項王歌，後世所傳五言，絕非真筆，此處改作騷體，似更可亂真。總之，作者之史、識、才，均於此傳載，是變體而又「正宗」之傳奇小說也。篇末附以《重修虞姬墓碑》碑文，一是炫才，二是證其真實，亦有意味。

九、王韜《遁窟讕言》、《淞隱漫錄》、《淞濱瑣話》

王韜（1828～1897）有文言小說集《遁窟讕言》、《淞隱漫錄》、《淞濱瑣話》，三部作品集都有學習《聊齋》的痕跡，但王韜畢竟已近清末，兼之他本人亦曾為官海外，因此，他的作品中也就帶有一些新的觀念乃至域外風情，這大概也是王韜小說的特殊性。下面，將其中某些佳作好篇略作介紹。

（一）《遁窟讕言・鸚媒記》

一頗具靈性之鸚鵡，為一書生傳書遞柬，促其與佳人會面。最終，終於媒妁溝通，好事告成。全篇寫來頗為傳神，如鸚鵡主動為媒一段：「一日，適逢七夕，生在園閒眺，命僕婢輩灑掃閒庭，陳設香幾瓜筵為乞巧戲。忽見一鳥瞥下，口銜片紙墜地。生視此鳥，綠毛紅爪，其足尚纏金鏈寸許，乃人家所豢鸚鵡也。甫欲掩執，而鸚鵡奮翼而起，翔集庭樹，呼曰：『方秀才勿萌惡意，此吾家三姑子所作詞，但請速和，奴可代為傳入閨中也』生拾視之，上書《鵲橋仙》一闋，詞意纏綿，直闖《花間》之室。因振筆書寫，迅不停綴，鳥則在樹睍視。生筆甫閣，已疾下銜之去矣。生奇歎不已。先是女呼婢浴鸚鵡，既浴而鸚鵡亟請去鏈，婢如其言。既釋，剔翎梳翮，飛翔簷際，意得甚也。婢以馴養已久，不之防閑，俄見其向生園飛去，方欲遣人往覓，而鸚鵡不知何時已回。女旋於几上得一詞。」

（二）《遁窟讕言・何氏女》

是篇頗奇。一傭工者娶一妻，美甚。因親戚間無往來，主人疑其為狐，道士亦以為狐。道士以符制之，不果，往擊之，竟人也。女子死，道士繫獄中。此篇乃「法術」作品之變格，亦帶有諷刺意味。疑神疑鬼，禍從心生，此某些人之通病也。

（三）《遁窟讕言・裝鬼》

一輕喜劇之作。一人夫妻調和，妻死，為鄰婦所誘，與之通。而鄰婦貪得無厭，屢向此人索取衣物，此人乃將前妻之物盡贈之。後鄰婦又通他人，

厭此生。遂裝神弄鬼，仿生之前妻聲口以嚇唬生，欲使生遠徙。不料，為健婢所擊，倒地。眾人視之，乃鄰婦也。

（四）《遁窟讕言・老僧》

一俠與一僧向一俠女比武求婚，女子以陰謀擊敗僧，乃鞋中藏刃也。此女後與俠比，則以身相許。數年後，此女遇一少林老僧，乃為徒弟報仇者。二人比武，老僧斷女子鬢髮及抹胸以懲之。且看這鬼神莫測的一幕：「忽見少林僧同一老和尚至，老僧碧眼方瞳，眉長寸許，手爪若麻姑，謂幕娘曰：『婢子無知，擅傷我弟，今日汝命恐不得逃。』瞥吐雙丸直射幕娘。幕娘凜然寒噤，但覺周身冷若冰雪。須臾，老僧曳杖竟去。衛與幕娘若喪魂魄，匆匆乘輿歸衙。迨夜卸妝，則鬢髮盡落，若刀薙然。及解羅襦，則紅抹胸劃然中斷。方知老僧劍俠高手也。」

（五）《淞隱漫錄・女俠》

敘一俠客與一女俠成姻婭故事，有學技內容，有鬥技場面，亦有師兄妹之間的爭鬥。有劍術，有劍氣，各種描寫，使俠骨柔情，融為一處。該篇與同時之充滿劍氣珠光的作品略同，又對稍後之舊派、新派武俠小說卓有影響。

（六）《淞隱漫錄・媚梨小傳》

該篇為一英國女子媚梨立傳。該女子先與英國一男子約翰通，後嫁富者西門。不料約翰以自己與媚梨秘密往來信函示西門，西門欲殺媚梨，不忍，憤而自殺。媚梨於是遊中華，嫁一華人豐玉田。不想約翰又追至東土，得知媚梨嫁華人，大怒，欲殺其夫妻二人。媚梨知情，以計支使丈夫離開，而後與約翰以槍對擊，雙雙斃命。篇中將異域情調、西洋詞彙、現代名物與傳統方式相結合，可謂穿西裝戴瓜皮帽，別有風味，是傳奇中之「珍奇異品」。此錄媚梨與約翰對擊一段，以見一斑：「方當電邁飆馳之頃，約翰亦乘車而至。駛至通衢，兩車相併。約翰摘帽作禮，高呼問無恙。女香腮薄暈，若不相識。約翰意不能捨，其車或先之，或後之，口中喃喃問女住居何處。女殊不答，但揮約翰，令去勿隨。約翰隱作怒容，揮鞭策馬，疾馳而前。女睹約翰之容，暗露殺機，知必不善，探手視懷中金表，佯作遺物在家，令客下車往取，且謂客曰：『我待汝於戲場。當再乘別車來，毋匆匆行也。』女徘徊良久，始徐徐展輪，僅百數十武，而約翰停車在前，若相待狀。見女獨至，謂有相就意，竟捨己車而登女車。女急推之下，損其肱，忿甚，以槍擬之，一發不中。方待再

擊，女亦持槍於手，兩槍同發，並斃。逮客至，則已玉碎香消矣。」

（七）《淞隱漫錄・倩雲》

此篇亦乃寫俠客之佳作。初寫男俠，已知不露形跡，且又敗一江湖巨盜。後忽為巨盜妹倩雲所算，入深山觀群盜，又與倩雲結伉儷，又獲師之女為室。一男二女，均乃俠士。篇中寫俠客打鬥，直開後世武俠描寫之先河。如：「一日，生道經盜所伏處，茂樹叢林，陰翳蔽日。疑之，躊躇不遽進，曰：『此必有異。』發一矢，著樹有聲。聞林間弓弦鳴，箭連珠迭至，生急撥以弓。箭盡，則繼之以彈，生一一接之以手，凡九而止，以為無矣，忽見巨彈若卵，自空旋轉而下。生發手中彈橫擊之，彈破其中，火星迸裂，遇風飛撲，斜射生面，鬚髮皆燃。生縱馬馳避，而盜已至前，遂與之角。久之，無所勝負。生思夕陽將落，距市尚遙，恐盜不止一人，則墮其彀中矣；陡憶師所傳秘法有所謂囊錐脫穎者，何不一試之？方當兩馬盤旋時，生躍馬出圈外，擲劍擬盜。盜卻，中馬首，隕，馬僕而盜亦墜地。方欲飛劍斬之，而盜已自地躍起，疾趨去。生歎曰：『是亦綠林之豪也。』」

（八）《淞隱漫錄・玉兒小傳》

一繩妓，藝高而性烈，許心一書生，而相國公子欲奪之。女借演出時當眾自殺，以示抗議。後其女弟金兒嫁姊之情郎，又為夫殺賊多多，亦勇而俠者。該篇描寫多有生動傳神處，如玉兒自殺一段：「翌晨，公子大張筵召賓客，玉兒隨父母入府奏技。酒半，庭中累方幾數十，母升顛仰臥，兩足承小梯，梯高幾及梁，女弛外服，著退紅窄袖襖，猱捷緣梯上，婉蜒升降，如蟻穿九曲珠，備極諸險，梯岌岌動欲墮，座客皆起立，舌撟神悚，目不少瞬。公子憐之，招手使下。玉兒忽踞梯大聲曰：『諸貴人幸聽兒一言：兒所以含垢蒙恥，習此賤役，為養親計耳。公子非兒耦，徒倚勢凌逼人，至生我者忍徇奸謀，欲強劫兒身。幾何生為！』言訖，淚交頤墮，自脫簪珥纏臂金，鏗然擲階石，繼於胸前出物一裹，手自啟之，曰：『此公子前後所賜，兒豈貪此瑣瑣者！今還公子，所以明兒志也！』向堂上撒之，墮公子旁，則明珠千百琲也。突袖出匕首，刺喉，躍空倒墜。眾號呼奔救，則已橫屍庭除，血污狼藉，面如生，目炯炯猶視，玉碎香銷，頃刻間耳。」

（九）《淞濱瑣話・藥娘》

該篇不過寫花妖，卻別有情趣。欲寫花妖之美，先寫人間之美女；欲寫

人間之美女，先寫人間之高士。由高士而美人，由美人而花妖，是層層推陳
出新之法也。王韜筆法果然不同凡響。此種題材，從唐人傳奇至《聊齋誌異》
所涉及者不在少數，然均無此篇之雅潔。何以如此？要在終篇二花妖與高士
不涉兒女之情，不作扭捏兒女態，只作詩詞之雅士交耳。且全篇絕大篇幅寫
女子之間相互稱道、切磋，更令人心胸為之一爽，邪念頓無。然此篇又非禁
慾閉情之作，二花妖被寫得情致宛然，與書生若即若離，真乃閨中之膩友也。
此篇即於極細膩處亦見韻味，如敘二花妖攜來之酒肴，亦「熱氣蒸騰，若新
出於釜，異饌醇醪，莫能名狀。」較之唐人傳奇中動輒以石塊泥土蚯蚓蛤蟆
化作美食之類，令人更生審美情趣，且更有生活氣息。

（十）《淞濱瑣話・粉城公主》

此篇寫劍俠而不落俗套。先寫一生有父親所傳之蚰蛇，以之為藥可接斷
骨。隨後，又寫此生救一豪客，又寫書生赴考時再遇此人。奇怪的是，沒有按
照慣常的寫法寫此俠報答此生，反而寫豪客向書生求取蚰蛇以救其主。此處，
作者雖點及題目「粉城公主」，卻僅僅點到為止，並未見其端倪。忽然，另起
筆端，寫書生遇海難，入一島，歷險，為人所救，卻又陷入隨時可能被取「腦
血」的危險境界中。當此際，作者又寫一婢欲救書生。旋即，方寫書生與豪客
重新相逢，而先前所救之人亦即如今欲取其腦血練劍之人——粉城公主桃花
奴也。最後當然是公主報恩，然又未曾親自嫁與書生，而是嫁之以婢，令攜
之以還。後此婢又曾退賊寇，如十三妹然，功成後，竟飄然而去。全篇故事曲
折，出人意料，是讀前面而不知後事如何者，愧殺俗手。

（十一）《淞濱瑣話・因循島》

該篇乃諷世之作，亦乃《聊齋誌異・夢狼》之流亞也。書生先救一猿乃
全篇伏筆，後因海難而入因循島，所見令人萬分驚恐，然皆人間寫照。如老
叟慘然所言：「此地本富厚，三年前不知何故，忽來狼怪數百群，分占各處，
大者為省吏，次者為郡守，為邑宰，所用幕客差役，大半狼類。始到時尚現人
身，衣冠亦皆威肅，未數月漸露本相，專愛食人脂膏，本處數十鄉，每日輪三
十人入署，以利錐刺足，供其呼吸，膏盡釋回，雖不盡至於死，然因是病瘠可
憐，更有輕填溝壑者。」隨後，還有書生險些被吃的描寫，妖精食人肉的描
寫，官府黑暗官紳勾結的描寫，阿諛奉承拍馬溜鬚的描寫，甚至還有所謂「德
政碑」云云。所有這些，均為神異而恐怖的幻境，但透過這些「變形」描寫，

人們會自然而然地聯想到活生生、血淋淋的現實世界。因此可以說，此乃王韜得聊齋之「孤憤」而發揮者也。

（十二）《淞濱瑣話・陳仲蓬》

是篇可分為三段讀：第一段寫兒女偷情，海誓山盟，與前此同類作品相似多多；第二段寫書生得第而求婚，女之父母不允，又作別嫁，女竟投河自盡，亦與前此同類作品相似多多；第三段寫女子為人所救，男子卻作婿他家，然所謂「他家」者，正救女子者也，仍與前此同類作品相似多多。既然處處與前此作品相同，該篇意義何在？只在最終二人破鏡重圓之時，此時女子已知新郎乃原來之心上人，而男子卻不知新娘乃為自己而拼死者，卻也欣然娶之，如此，則女子「專一」而男子「移情」形成鮮明對照。故而女子泣曰：「妾固踐言，郎何忘義？」故而作者有言：「由此觀之，世間男子之心，固不如女子也！」

十、鄒弢《澆愁集》

鄒弢（1850～1931）的《澆愁集》是比較典型的學習《聊齋誌異》的傳奇小說集。集子中除少量幾篇為志怪之作外，大多數作品乃傳奇之作。其中最為突出者有以下諸篇。

（一）《老翁捕盜》

《老翁捕盜》寫江湖中山外有山、人外有人，但該篇引人注目之處乃在已經觸及正派（官方）與異派（江湖）之間的鬥爭，這與晚清章回小說中的俠義公案一類作品如《施公案》《彭公案》《三俠五義》等同調。《老翁捕盜》乃短篇文言小說，但故事曲折，描寫生動，且看下面這段層層襯托的敘事：「有巨商販金珠出口，以海外多盜，欲請鏢師。聞孫名，聘之。孫竟往，縱橫洋面十餘年無敢犯者。一日，載物出海，過黑水洋，忽颶風大作，船幾覆。正驚惶倉猝間，遠遠一小舟，疾飛而至。舟漸近，見頭上立一女子，紅巾蒙首，彷彿甚美。孫知是盜，飛彈擊之。女笑舉兩指撲墮水中。孫又隨飛二彈，女一接以口，其第三彈即吐口中彈抵之，笑曰：『如此伎倆，亦要向老娘前出醜。』乃縱身飛上孫船。又兩人繼至，其一則韓也。韓見孫，跪女曰：『此即弟子孫某，望恕之。』女不可。又請之，女怒曰：『汝豈恃劫餉功，欲反吾耶。』揮韓回船。孫懼甚，方欲格鬥，忽西北一舟至，疾如鷹。有一雙手握器具，距孫船數十丈一躍而上。孫益懼，歎曰：『吾命休矣。』忽見女反身欲遁，叟叱曰：『爾

久匿不出，害老夫蹤跡多年。今日相逢，尚欲何遁。』乃執而縛之，如縛雞。女俯首不言任其提挈而去。」

（二）《俠女登俜》

俠女張青奴，因動凡念，為師父貶入市廛，然而她卻於塵世之中屢屢抱打不平。張青奴是屬於那種被「神化」的俠客，其妝束打扮、行為舉止乃至劍術武功已不同「凡」響，而帶有半人半神的意味。如：「正倉皇際，忽一美女騎獨角獸疾飛而至，盜欺幼稚，略無少懼。女鼻中吐白光一縷，橫若匹練，飛斬盜魁一人，餘皆驚遁。白光追之，良久始返。女自言曰：『賊么魔雖不即死，然四肢已不可用。』」再如：「紅光一瞬，奴錦帶纏頭，輕妝豔服，從庭中飛至。……俄聞庭中擲金聲甚厲，凡數作，馮燃火燭之，青奴已至，笑曰：『幸不辱命，已取得五六千金，盡殼君分發矣。彼始不肯，我以飛劍盡截其髮，謂若少吝，當傾刻使汝作斷頭將軍。彼方懼，故任我所取。』馮曰：『何不用竊取計，致使聲張？』奴曰：「英雄涉世，豈肯作曖昧事者？令彼知之，正所以懲一儆百也。』馮歎服，跪謝地下，及起，女已不見。」

（三）《狸蠱癡生》

《澆愁集》中還有不少寫男女愛情的好作佳篇，其中如《狸蠱癡生》篇中的人物描寫可謂生動活潑、惟妙惟肖。請看其中片斷：「聞門外彈指聲云：『癡生暗中瑣瑣，膽如罐鼠，得毋貽笑大方耶？』其音嚦嚦如矯鶯調簧，清銳動人。生狂喜，啟戶欲納，燭之，悄無影響。方疑女為戲己。忽聞背後嗤嗤吃吃作笑聲曰：『偷香賊東張西顧光景，好看煞人。』生遽回頭，忽見女在背後，含笑猗窗而立，羅帕掩其口，窄袖弓鞋，紅裙翠襪，別具一般風韻，不復內家裝裹，直覺亭亭玉立，秀色可餐。」

十一、宣鼎《夜雨秋燈錄》、《夜雨秋燈續錄》

宣鼎（1862～1908）所作《夜雨秋燈錄》和《夜雨秋燈續錄》亦乃步《聊齋》之後塵，然絕大作品遠遜《聊齋》。其間，亦有別出心裁處，差能衝出前人蔭影之覆蓋。

（一）《夜雨秋燈錄·雅賺》

該篇妙處有三：其一，商人某甲賺取鄭板橋之法，實乃今日萬眾有意無意所用之互賺高明招數——投其所好。所賺之事既雅，所賺之法亦雅，故曰

「雅賺」。至於人之雅與不雅，反在其次。其二，作者筆法尤妙。先伏筆，從某甲一面寫來，忽然又宕開一筆，從板橋處寫來，是層層引誘，步步深入，即使聰明如板橋者亦不得不為人所賺。其三，某甲乃俗人之有雅者，而板橋則雅人之有俗者。此乃「雅俗錯位法」也。觀某甲之房屋布置、表情態度，乃至舞劍論詩，何嘗「賦性尤鄙」？或曰：此老翁乃某甲所雇之人，此固可為一說。然某甲能識此種人，用此種人，可以謂之「鄙」乎？而板橋則喝美酒，食狗肉，書畫索高價，可謂「雅」乎？故曰：世上本無俗雅，雅中有俗，俗中有雅也。其四，此篇讀罷，竟不知是某甲賺板橋，抑或板橋賺某甲？誠如懊儂氏所評：「某甲之設賺局也，布置當行，處處搔著板橋癢處，使彼一齊捧出，毫不吝惜。甲雖市賈，猶是可兒。近則皮相耳食，純購贗本；強偷豪竊，幾類穿窬。使板橋復生，雖有神龍翔翥之計，又復奈何？余故下一轉語曰：人道某甲賺板橋，余道板橋賺某甲。」筆者亦可再加一語：篇名或可將「雅賺」改作「賺雅」。

（二）《夜雨秋燈錄·麻風女邱麗玉》

是乃清代傳奇小說之名篇。此前此後，寫麻瘋女或「過癩」之作夥矣！在《秋燈叢話》、《客窗閒話續集》、《小豆棚》、《粵屑》、《蟲鳴漫錄》、《益智錄》、《咫聞錄》、《兩般秋雨庵隨筆》、《潛庵漫筆》、《茶餘談薈》等集子中均有不同程度的記載或描寫。然而，卻以這篇《麻風女邱麗玉》最具文學性。究其原因，有以下幾點。其一，將傳奇故事納入悲歡離合框架之中，寫來曲折動人。其二，善用伏筆，如先寫一舅氏，後為救邱麗玉之地仙也。其三，善置懸念，如書生之遇老者，入巨室，娶美人，究不知底下如何。又如邱麗玉所遇老叟，既突兀又有著落。其四，善於寫情，或曰「煽情」。如小夫妻洞房一段，如麻瘋女尋夫一段，如書生在麻瘋女未死前不願再娶一段，均能以情動人。其五，邱麗玉所唱《女貞木曲》，亦動人心旌，與故事渾然一體，乃烘托手法的成功運用。其六，寫世態如畫。如女之父母初見生之熱情，一宵後之冷漠，最終之恐懼、依附等等。以下，將麻瘋女之歌的《女貞木曲》錄之，看是否能使讀者感動。歌曰：「女貞木，枝蒼蒼，前世不修為女娘，更生古粵之遐荒。生為麻瘋種，長即麻瘋瘡。銜冤有精衛，補恨無媧皇。畫燭盈盈照合卺，儂自掩淚窺陳郎。翩翩陳郎好容止，彈燭窺儂心自喜。妾是麻瘋娘，郎豈麻瘋子。妾雖麻瘋得郎生，郎轉麻瘋為妾死。郎為妾死郎不知，洞房繡閣銜金屍。孔雀亦莫舞，杜鵑亦莫啼，鸚鵡無言願飛去，郎墜網羅妾心悲。郎不見，駿馬不

跨雙鞍子，烈女願為一姓死。郎行依舊貌如仙，妾命可憐薄如紙。膚為燥，肌為皺，雲鬢拳曲黃且髡。掩面走入麻瘋局，不欲傳染傷所親。昔作掌上珍，今作機上肉。昔居綺羅叢，今入郎當屋。月落空梁懸素羅，一縷香魂斷復續。妾雖生，妾不願守故居，妾既生，妾自當尋找夫。可憐雖生亦猶死，不死不生終何如。女貞木，枝枝疏，上宿飛鳥，下蔭遊魚。鳥比翼者鶼鶼，魚比目者鰈鰈。生陶衾，死同穴。衾穴即不同，妾心若明月。月照桃花紅欲然，李代桃僵被蟲齧。女貞木，紅枝葉，悉是麻瘋之女眼中血。」

（三）《夜雨秋燈錄・小王子》

善有善報，惡有惡報，該篇之主旨也。此類作品頗多，而該篇卻有獨特處二。其一，醫者所救之丐者乃朝鮮之一國小王子。其所以為丐者，既非神仙試人，亦非貴族落魄，而是風俗使然：得病者須為丐方可痊癒。其二，醫者漂洋過海至小王子國家後，小王子報恩，謂醫者貴可為高官，富可得珍寶。而醫者均不取，只求生意本錢足矣。此乃商人本色，亦乃商人高風也。故而，此篇之與眾不同全在超凡脫俗處。

（四）《夜雨秋燈續錄・狗兒》

此篇與他篇不同，獨具特色。異性兄弟二人入山中經商，被人誘而嫖妓，終至先後亡去。此後，其中一人之妻，另一人之母尋至山中，均化作鳥兒，呼喚死去的兒子或丈夫的名字，淒惻動人。全篇寫來如民間故事，敘述語言亦半文半白，不俗不雅，乃傳奇小說中罕見之風格。篇之前半寫兩個拉皮條者扮作商人誘騙兄弟二人，與《聊齋・念秧》接近。後半寫二弟兄嫖二妓，卻纏綿悱惻，二妓對二弟兄似乎具有真情。可知作者之意並非譴責妓女，而在於訓誡子弟也。

（五）《夜雨秋燈續錄・雁高翔》

書生沈某，救一盜賊名雁高翔者。後沈某赴試途中遇盜，而盜魁即為雁高翔。雁報恩，且贈一女子。沈某赴試不售，歸而懼禍，不敢至山寨接女子還家。三年後，雁竟遣人送女子之屍至，言此女因等沈某不至而仰藥死，且言山僧伏虎禪宗可令此女活之。士人不敢行此事，而其妻性格豪爽，自請山僧。僧以精魄使女子活，成士人側室。此篇乃豪俠小說中特異之作，其「異」之處在於一短篇小說中居然寫出五位性格獨特的人物，誠如作者懶儂氏所言：「雁之報德，姬之癡情，沈之懼禍，均意中事。惟伏虎禪宗，盲而且

老，而蹤跡詭秘，技能通神，吾不信古押衙尚在人間也。噫嘻！深山窮谷，不少異人，惜無知者，遂多湮沒。若沈夫人，又近於俠矣。朱家郭解，乃在巾幗中，不亦奇哉！」

（六）《夜雨秋燈續錄・紅薇》

此乃佳篇。首佳在篇首，寫一大花蝴蝶為才子佳人傳信，真乃蜂媒蝶使。而書生對待蝴蝶一段描寫異常細膩，是人與自然之真純情感。中佳在篇中，生與女以一醫者而得見面，表情愫，亦乃情深也。女之假母幾經反覆，終不許，又寫盡世態人情。尾佳在篇尾，女為母所賣，不屈，死，化作蝶，尋心上人，真乃情之至也！此乃人與精靈之真情纏結也。書生見綠色蝴蝶一段，與首段相映照，妙不可言。全篇一虛一實又一虛，是為故事主體。然全篇總結處，作者仍然虛虛實實。先一實寫，書生賦詩紀念，隨即又一虛，女子為花神，最終卻以半虛半實了卻，書生以女子小照為殉。作者深得虛實相間之法也。且看篇中首尾兩次對蝴蝶的描寫：「偶憑蕉窗，一極大花蝴蝶，栩栩然集於棐几，飛上膽瓶，吸折枝花露。戲招之，意頗馴，不忍戕其生，戲填小詞，用蠅頭楷書蟬翼箋，且署小字，以髮絲繫於蝶臂，縱之去。」「翌日，午倦，下幃將寢，忽一綠色蝴蝶翩集書桌，銜硯池墨汁，宛轉吐碧玉箋上，成數字曰：『蝶即紅薇，紅薇即蝶。一點精靈，尋君數月。毋戕我生，毋傷我性。請憑靈乩，與君問訊。』生驚悼，即供蝶於室，且懸小影再拜曰：『汝情人耶？閨秀耶？知己紅薇耶？』蝶均頷首翔舞，宛若有知。」

（原載《傳奇小說通論》，中州古籍出版社，2005 年 11 月出版）

析《堅瓠集·異俠借銀》

　　褚人獲《堅瓠集》中的這篇作品最大的特點便是懸念的設置，可以說從題目到結局處處充滿懸念。先看題目：「異俠借銀」。懸念由此開始設置，此篇中的俠客「異」在何處？作為一位俠客，何以要「借銀」？隨著故事的開始，作者進行了層層懸念的設置。首先，徽商密藏千金於布捆中，忽遇一人附舟，此人既「狀貌雄偉」，又能與主人「甚款洽」。直覺告訴讀者，這樣的人絕非等閒之輩，但他究竟是什麼人呢？作者留下了一個懸念。隨即，那人又遇一友，並與徽商共飲，然此友卻在酒後挑著擔子先走了。此友人是誰，帶走的是什麼東西？作者又留下一個懸念。直到此人將徽商帶到野外，告訴他因急用而借徽商千金，日後登門奉還時，前面兩個懸念才得到解釋，原來是俠客借銀，而友人挑走的恐怕就是那千金之數了。然而，前面的懸念剛剛解開，後面的懸念又被作者輕輕掛起。徽商還舟，卻見布捆如故，難道千金之數就這樣被「借」（其實是「偷」）走了嗎？回家打開一看，果然空空如也。那麼，異俠是怎樣「借」走這麼多銀兩的呢？他能按時全數歸還嗎？在這種「懸念」所形成的趣味性的驅使下，讀者不得不讀下去。最後，異俠不但將錢如數歸還，還加上了較高的利息，而且因為晚了三天而更加一月之利。前面的懸念到此似乎都解決了，但有一點卻沒有完全弄清，徽商不清楚，讀者不清楚：異俠是怎樣盜銀的？作者借徽商之口將這一問題直接點了出來：「布捆不動，銀何從取去？」正當讀者與徽商一起引領而望其解答時，異俠卻笑著說：「吾自有取法，何必見問。」結果，似乎留下了一個永遠的秘密，大概也就是江湖俠客們的「商業秘密」吧。這裡，作者又似乎給我們留下了一個永遠的懸念。而實際上，作者在全篇之末已暗暗地解釋了這個懸念：異俠及其友人

「步出中庭，一躍登屋，屋瓦無聲，人已不知去向。」有如此了得工夫的人，取千金難道不像探囊取物一般容易嗎？

總之，不斷設置懸念，然後又不斷變換手法解釋懸念，正是這篇作品最為突出的藝術特點。

（原載《中國古代小說鑒賞辭典》，上海辭書出版社，2004 年 12 月出版）